飞翔与行走

——文学评论集

朱东丽 著

济南出版社

图书在版编目（CIP）数据

飞翔与行走：文学评论集 / 朱东丽著. -- 济南：济南出版社，2024.7. -- ISBN 978-7-5488-6695-4

Ⅰ.I206.7-53

中国国家版本馆CIP数据核字第2024EC9890号

飞翔与行走 ——文学评论集
FEIXIANG YU XINGZOU——WENXUE PINGLUNJI

朱东丽　著

出 版 人　谢金岭
责任编辑　尹利华　叶　子
装帧设计　牛存喜

出版发行　济南出版社
地　　址　山东省济南市二环南路1号（250002）
总 编 室　0531-86131715
印　　刷　山东天马旅游印务有限公司
版　　次　2024年7月第1版
印　　次　2024年7月第1次印刷
开　　本　170mm×240mm　16开
印　　张　12
字　　数　130千字
书　　号　ISBN 978-7-5488-6695-4
定　　价　48.00元

如有印装质量问题 请与出版社出版部联系调换
电话：0531-86131736

版权所有　盗版必究

目录 CONTENTS

第一辑

002 从生活到文学
  ——现实题材网络文学的创作与审美探究

018 由"文质彬彬"看铁凝散文的文化传承意义
  ——铁凝散文简论

033 "两创"视域下现代乡村精神人格的建构
  ——以李登建散文集《血脉之河的上游》为例

046 文化"两创"的乡村实践
  ——评柏祥伟报告文学《归来》

050 历史叙事下的人生维度
  ——论张新颖的传记作品《沈从文的后半生：1948—1988》

058 浪漫主义的重构
  ——论张炜《河湾》的生态美学书写

069 房子、瓶子、栖息地
  ——评陈仓新作《浮生》

083 生命的轮回和轮回的命运
  ——论《江南三部曲》中的女性命运

094 悬疑传奇迭映历史波澜
  ——评胡学文《血梅花》

第二辑

112 山东作家的地域文化特征
  ——以山东女作家群和青年诗群为例

123 先锋与传统的融合
  ——刘照如小说叙事策略论

134 融融·童年·外祖母
  ——《爱的川流不息》《我的原野盛宴》中的"外祖母"形象探析

143 在纯真的诗性中成长
　　——山东青年儿童文学创作综论
156 岁月深处的乡村童年
　　——莫问天心创作论
166 荒诞之外的生命意义
　　——评陈仓中篇小说《地下三尺》

第三辑

170 《闪闪的红星》的创作故事
174 《铁道游击队》的创作故事
182 《三进山城》的创作故事

第一辑

FEIXIANG YU XINGZOU

从生活到文学

——现实题材网络文学的创作与审美探究

从 20 世纪末期开始,互联网迅速普及,网络文学以雨后春笋般的速度迅速占领国内大众文化市场,网络文学以其创作门槛低、通俗大众化的特点,在近些年积累了大量的读者,并在创作过程中逐渐细化,出现了大量热门分类主题,如玄幻、历史、游戏、军事等热门题材,分别对应不同读者的口味需求。在玄幻、穿越等虚幻题材大行其道之后,近些年现实题材网络文学作品也出现升温趋势,新增现实题材作品的比例呈逐年上升的趋势,这说明网络文学在市场的变化和筛选之下正在进行内容创作上的转型。与此同时,国家文化部门在政策导向上也大力提倡现实主题作品创作,这也为现实题材网络文学作品创造了更为良好的创作环境。然而，由于网络文学在线创作与阅读共时性的特点，现实题材网络文学的创作想要实现作品的高质量呈现，仍然存在很多问题，本文试从创作和审美两个方面来探讨现实题材网络文学的发展问题，厘清现实题材网络文学创作的多重元素与审美构成，从而为现实题材网络文学的创作实现外部形式和内部灵魂的双重完善，推动我国现实题材网络文学作品向精品化路线发展。

一、现实题材网络文学的发展背景与趋势

1.网络文学的发展背景与现状

网络文学是指以互联网为载体，在网络平台上创作、发布、供网络用户阅读的一种新的文学形态。它的发展可以追溯到20世纪90年代互联网刚普及的时代。随着互联网技术的迅猛发展和普及，人们传递和获得信息的方式发生了巨大改变，文学创作在载体、写作方式和传播方式上都发生了颠覆性的改变。人们开始依赖全新的电子媒介，开启了互动式的写作模式，互联网成为人们获取文学作品的新渠道。由于网络文学的创作门槛低，网络小说创作主体呈现出平民化及去精英化的特点，大量草根写手涌入互联网，迎合了线上多样化的阅读需求。网络文学作品往往以奇幻的叙事构想、跳跃的情节设计以及平民化的生活语言，塑造反传统的个人英雄主义，注重满足受众的情绪体验，进而形成了程式化的写作模式，正因如此，网络文学创作质量良莠不齐，大量粗制滥造的作品与少量精品鱼龙混杂。但是随着网络文学商业化的发展，起点中文网、七猫中文网、番茄小

说网、QQ阅读网等一大批网文小说平台先后兴起，网络文学在经历了长时间的野蛮生长之后，用户数已经在国内大众文化市场位居前列。据有关数据统计，2018年，网络文学用户规模达4.3亿，签约作者达61万人，作品总量达2442万部，市场规模达159.3亿元。而中国社会科学院发布的《2019年度网络文学发展报告》显示网络文学用户数量已达4.55亿，国内网络文学创作者已达1755万人。网络文学井喷式的发展速度表明了网络文学存在着巨大的市场潜能，也标志着网络文学已经成为现阶段文艺的支柱产业。

当前，网络文学在中国乃至全球的文学领域占据了重要地位，它已经成为现代文学创作和传播的重要形式之一。网络文学的题材分化呈现精细化和多元化的特点，目前玄幻、仙侠、历史、穿越、都市、军事、游戏、科幻、悬疑等题材已经成为各大网络文学平台的基本分类，在这种分类模式下，形成了针对男性读者和女性读者两大阵营的网文类型，随着网络文学创作的进一步发展，网络文学题材类型也产生了很多变化。首先是网络文学的题材类型更加丰富，内容多元化表现显著，目前网络文学平台已经形成了20余个大类型，200余种小分类，还新增了大量的二次元等元素题材类型作品，网络文学内容题材的丰富标志着网络文学从粗放式发展逐渐走向正规化和专业化；其次，男频女频的阅读壁垒被冲破，内容呈现破圈化趋势，很多女性读者成为男频作品的粉丝，一些男性读者也加入了女频作品阅读群体；再次，网络文学创作者对作品的语言、情节等创作技巧深入雕琢，文笔叙事日臻成熟，促使网络文学作品的整体质量得到提升，也进一步满足了读者关于网络文学精品化的诉求；最后，现实主义题材逐渐升温，随着仙侠、玄幻等题材市场的饱和，人们开始转向关注现实主义题材作品，以往现实题材作品在各个网文平台都隶属于都市题材门类之下，但随着现实类作品的大量涌现，各大网站已经把现实题材作品作为一个独立的大分类列出来。总之，现阶段的网络文学发展已经进入一个历史性的拐点，给现实题材网络文学的创作提供了新的机遇和挑战。

2.现实题材网络文学的发展趋势

现实题材网络文学是指以现实生活为创作背景，以现实人物、事件、现象等为表现对象，以网络为传播媒介的一种文学形式。现实题材不同于现实主义，不仅需要在思想层面上观照现实，还要真实地反映社会生活，而与传统现实题材文学相对比，现实题材网络文学除了要直面现实、关注当下社会及人物的故事之外，还要具备网络文学独特的创作形式特点，因此可以说现实题材网络文学作品是一种应用网络叙事手法、同时肩负反映时代面貌使命的文学样式。近年来，现实题材网络文学得到了广泛关注和认可，成为网络文学发展的一大趋势。现实题材网络文学的热度从2017年开始逐年上升，2023年4月，中国作协网络文学中心在上海发布的《2022中国网络文学蓝皮书》指出，2022年，网络文学新增作品300多万部，其中现实题材作品新增20余万部，同比增长17%。网络文学在20世纪末期诞生之初第一批作品就是现实题材，1998年蔡智恒以《第一次的亲密接触》风靡两岸，被认为是网络小说的开山之作。小说取材于现实生活的网恋故事，并以伤感的悲剧结局，触动了无数人的情感，此后出现的宁财神、安妮宝贝、何员外等知名网文作者，基本都是以现实题材进行创作的。因此，现实题材网络文学并不是一种新的网络文学现象，而是一种艺术审美的回归。

现实题材网络文学创作的兴起有其内在因素和外在因素的双重作用。在内因上，网络文学题材长期被玄幻、修仙等幻想类小说占领，从奇幻武侠作品《诛仙》起，幻想类作品长期稳居网络文学品类首位，超能、超现实的"金手指"满足了读者对于超我的幻想，于是大量网文创作者跟风模仿，制造出大量粗制滥造的流水线式产品。在奇幻类作品同质化严重的情况下，读者逐渐产生了审美疲劳，迫切需要摆脱机械化复制的雷同故事，呼唤具有积极审美趣味的作品，而现实题材作品正是符合了网络文学转型的需求。事实上，现实主义题材作品一直是世界文学艺术的主要流派，巴尔扎克在文学创作中主张反映真实的生活，并提出"现实主义的任务在于创造为人民的文学"，亚里士多德在讨论现实主义创作时提出了"照事物的本来样子去模仿"，都充分肯定了文学艺术真实性的价值。现实题材的作品更加考验作者的逻辑推理能力、观察力以及叙事能力。我国的网络小说平台也已经诞生了一系列优秀的现实题材网络文学作品，如阿耐的《大江东去》、辛夷坞的《致我们终将逝去的青春》、顾漫的《何以笙箫默》等，它们也都被改编成影视作品，并通过影视公司的IP运作，获得了良好的商业价值。这些现实题材作品让读者耳目一新，从奇幻作品统治的网络文学世界中看到了现实题材作品的艺术价值。与此同时，现实题材网络文学热度的提升也有赖于外因的作用。近年来，随着网络文学的发展和国家对现实题材创作的重视，现实题材网络文学得到了更多的关注和引导。一大批关注现实、讴歌时代、礼赞祖国的网络文学作品涌现出来，尤其集中在改革开放、脱贫攻坚、乡村支教、科技发展等题材领域。2018年，习近平总书记在全国宣传思想工作会议上发表重要讲话强调："要引导广大文化文艺工作者深入生活、扎根人民，把提高质量作为文艺作品的生命线，用心用情用功抒写伟大时代，不断推出讴歌党、讴歌祖国、讴歌人民、讴歌英雄的精品力作，书写中华民族新史诗。"网络文学作为当前文艺创作的主力军之一，亦须用作品贯彻执行习近平总书记的重要讲话精神。在国家新闻出版署和中国作家协会联合主办的"年度优秀网络文学原创作品推介活动"中，现实题材网络文学作品占获奖作品的55%以上，这也说明了政策上对现实题材网络文学作品的扶持和引导，由此必然带来现实题材网络文学作品的创作热潮。

除此之外，现实题材网络文学还具有自身的社会价值和商业价值。现实题材网络文学的创作背景和表现对象都非常广泛，涵盖了政治、经济、文化、教育等各个领域。这些作品通过描写现实生活，反映了社会现象、人民心声和时代精神，具有强烈的现实感和时代感。

当然，现实题材网络文学也具有网络传播的独特性，如互动性、实时性、跨地域性等。这些特点使得现实题材网络文学作品能够更好地与读者互动，及时反映社会热点和人民心声，同时也能够跨越地域限制，传播到更广泛的人群中。此外，现实题材网络文学作品被改编影视的比例也大幅增长。网络文学平台通过征文大赛等活动响应现实题材创作大势，阅文集团、连尚文学、17K 小说网等网络文学平台发掘了一批优秀的现实题材作品。一些资深网络作家投入到了现实题材的创作当中，其中也出现了不少优秀的作品，如唐家三少的《为了你，我愿意热爱整个世界》、郭羽和刘波的《网络英雄传》、管平潮的《天下网安：缚苍龙》等。现阶段，从网络文学作品到影视作品的转化已经步入成熟阶段，网络文学作品成为影视剧本的主要来源，一些知名的现实题材网络文学作品转化成影视作品之后成为热播剧，或成为叫好卖座的优秀电影作品，如 2015 年阿耐的《欢乐颂》被改编为电视剧后单日最高播放量达到了 6.8 亿，网络总播放量也超过了 100 亿；鲍鲸鲸的《失恋 33 天》被改编为同名电影，在 2011 年取得了票房 3.13 亿的好成绩，这些现实题材网络文学作品的成功出圈，都证明了现实题材网络文学具备市场潜力，不仅能够带来深远的社会影响，还能创造巨大的商业价值。

二、从生活本源探究现实题材网络文学的创作途径

1 深入生活观察和体验，积累创作素材

现实题材网络文学取材于现实，因此在进行创作的过程中首先要有真实可信的叙述，但生活中，不同领域、不同环境、不同职业都存在着复杂性与多面性，作者如果想要完成一部高质量的现实题材作品必须要对生活细节有足够的理解和认识。现实主义文学大师巴尔扎克在谈及创作时，表示创作需要严格摹写现实，细致地观察生活，他认为文学艺术就是由观察和表现组成的，作家应具有敏锐的观察力。他在《驴皮记》序言中说：

"作家应该熟悉一切现象，一切感情。他心中应有一面难以明言的把事物集中的镜子，变幻无常的宇宙就在这面镜子上面反映出来。"可以说，好的现实题材作品必然是作家对生活深入观察和体验后的呈现，只有通过对现实生活的了解和掌握，创作者才能积累丰富的素材和经验，为文学创作提供灵感和支撑。在观察和体验生活的过程中，创作者要保持敏感和开放的心态，关注身边的人和事，并认真感受和思考，只有如此才能在现实生活中获取更多的信息和灵感。不仅如此，创作者在观察中还要注重细节和典型性，细节能够丰富作品的人物形象，而典型性则能够展现出作品内容的普遍性和代表性，使作品具有更广泛的社会意义。创作者在敲定创作一部现实题材的作品前必须要进行必要的背景调研，创作者需要了解作品相关的社会背景、人物群体、事件发展等。这种调研就是通过作者对生活的观察和体验来完成。现实题材网络文学作品不同于幻想类作品，幻想类作品只需展开充分的想象力，在意识的世界去构建故事内容和逻辑，只要在作品内部解释得通就可以形成一部完整的作品，但现实题材作品则不同，现实题材作品需要遵循现实世界固有的逻辑性和真实性，要让读者在阅读故事的过程中与真实世界建立联系和感受，对故事情节和人物产生感同身受的情感。知名网络文学作家唐家三少在近几年尝试现实主义题材作品创作之后表示，现实题材网络文学作品创作难度大，因为前期调研工作量大。而入选国家新闻出版署和中国作家协会联合推介的 25 部"庆祝新中国成立 70 周年"主题网络文学作品暨 2019 年优秀网络文学原创作品名单的《八四医院》，其作者王鹏骄就有过在三甲医院工作的真实经历，正是因为作者对医院以及医疗相关事宜有过深入的观察和了解，才能创作出《八四医院》这样优秀的现实题材作品。

2.遵循兴趣、结合现实，选择有代表性的素材和主题

现实题材网络文学的创作素材非常广泛，一般来说网络文学创作者会从自己的生活经历、感兴趣或熟悉的议题方面着手，知名网络文学作家吴半仙一直对民间传说以及民俗文化中的悬疑灵异类故事感兴趣，最感兴趣的是萨满文化以及远古神灵崇拜，正是基于这类文化中的神秘元素非常符合网络文学中故事要"好看""有趣"的特点，吴半仙创作了《东北出马笔记》等具有神话色彩的作品。而唐家三少早期热衷于玄幻题材，先后创作了《光之子》《斗罗大陆》《绝世唐门》等大热的玄幻作品。2015年之后，随着玄幻文学的热度降温，现实主义题材作品掀起创作热潮，他也开始转变思路，考虑市场需求和导向。在这一时期，不少网络文学作家开始从社会理想、民族和历史等角度，创作具有时代价值和意义的作品。吴半仙在转型之后创作了《一掌定乾坤》《月满长街》《锦绣鱼图》以及《守鹤人》等现实题材作品，其中《一掌定乾坤》讲述"九一八"事变前夕一段发生在哈尔滨的可歌可泣的抗日故事。2019年创作的《月满长街》入选2020年中国作协网络文学中心重点作品扶持项目，讲述老城区改造中保护老街风貌，守护老街情怀，传承城市记忆的故事。2020年创作的《锦绣鱼图》聚焦黑龙江非物质文化遗产赫哲族鱼皮画的传承和新变。2021年创作的《守鹤人》关注到扎龙自然保护区三代人守护丹顶鹤的故事，入选了2021年中国作协网络文学中心重点作品扶持项目。唐家三少转型之后，除了创作

了《拥抱谎言拥抱你》和《为了你，我愿意热爱整个世界》两部关于爱情的现实题材作品外，还创作了冬奥会主题作品《冰雪恋熊猫》，讲述了一位厨神和一位滑雪教练因为滑雪运动产生交集的故事，宣扬了奥运冰雪文化。

现实题材文学一直以来都是很有价值和意义的文学形式，承担着反映和揭示社会现实的使命，具有认识和批判社会的功用，同时能够表现生活本质，反映时代风潮。在当下创作现实题材网络文学作品，作者应该牢牢抓住时代脉搏，关注社会热点和时代变迁。21世纪以来，我国社会环境发生了翻天覆地的变化，基础设施建设日新月异，国民经济突飞猛进，在这种宏观的历史背景下一定有很多故事可以讲述，选择具有时代特色的素材和主题，创作反映社会历史发展进程的现实题材文学作品，有着非常重要的历史现实意义。阿耐的《大江东去》贯彻了现实主义题材文学创作的原则，记述了改革开放的浪潮下，个人的奋斗和求索，以3个主要人物的奋斗历程再现了改革开放的波澜壮阔，具有史诗性的现实文学价值，2009年，该作品成为中国第一部获得中宣部"五个一工程"奖的网络小说，并且在2019年入选"新中国70年70部长篇小说典藏"，还被改编为电视剧《大江大河》，收视率和口碑在同类型题材作品中一骑绝尘，取得了非常好的影视成绩。

现实题材网络文学创作还可以以普通人的生活作为切入点，普通人群体是社会构成的一部分，与社会问题的存在与思考息息相关，在普通人身上，有着个人成长与变化的过程，涉及家庭关系、职业困境和人际关系等社会问题，普通人在人生道路上的痛苦和挣扎、努力和奋斗都具有现实社会意义，读者能够通过对标主人公人生的悲欢离合找到与自我生活的重合点，从而产生情感上的共鸣，同时引发对人性、情感、社会关系等问题的思考。针对普通人生活的文学创作承载着重要的使命，它不仅记录和反映现实的生活，更深入地探索人类的情感与成长，能够让人们更好地理解自己与他人，思考人生的意义，并提升自身的情感和思维层次。辛夷坞的现实题材情感作品《致我们终将逝去的青春》就是描写一个普通女大学生追求爱情的过程中经历了一系列的变故和坎坷之后，最终得到成长的故事，里面有大学生美好纯真的爱情，有生活的琐碎，也有现实的残酷，小说直面青春纯洁的爱情与现实功利之间的矛盾，年少的纯真终将在磕磕绊绊的成长中消失，再去迎接社会的洗礼。这种普通人的成长故事勾起了读者对青春岁月的追忆回想，也契合读者对生命体验的认同。

除此之外，现实题材网络文学创作还可以选择地域文化、社会热门议题等素材主题进行创作，但是现实题材的素材主题无论如何选择，都需要反映社会现实，反思社会问题，通过客观生动的刻画来展现生活的本质和时代的风貌。

3.在创作中成长，提升作品质量

网络文学自诞生以来一直因为质量低下、同质化严重等问题被诟病，很多网文作者急功近利，为创造爽文、套路文，沿用以往的作品设定，甚至采用融梗等方式抄袭已有的成功作品，导致很多网络文学作品内容雷同，缺乏个性特色，甚至有些作者不具备基本的文学素养，不具备足够的创新能力和写作水平，对文学理论和写作技巧缺乏必要的了解，文章东拼西凑，制造了很多低质的口水文，这样的作品在文学的社会意义方面缺乏担当。现实题材作品想要在网络文学中脱颖而出，就需要走出以往玄幻、仙侠等爽文的套路，改走精品路线，创作出能够站得住的优秀作品。好的作品需要深度和厚度，能够深入探索人性、社会问题和生活意义等主题。作品中的角色应该是多维的、复杂的，并且能够引发读者的思考和情感共鸣，这些都需要作者有足够的沉淀和积累，只有把自己的思考和价值观融入作品中才能使作品具有灵魂。好的作品还需要优秀的文字艺术和表现力，作品通过文字展现给读者，文字能够完成人物塑造、故事构建等文学叙事，这就需要作者加强对文字运用能力的训练和掌握。好的作品应该具备思想性，作者需要通过作品探索具有深刻意义的主题和思想，从而引发读者对人类生活、道德、伦理、个人成长等方面的思考。与此同时，高质量的文学作品还应具有对社会和时代的触动力，作品应该能够反映社会现象和问题，并对社会产生影响，它可以引起读者对社会问题的关注，推动社会进步和改变。总之，网络文学经过野蛮生长之后必然要从草根平民文化走向正统化，现实题材网络文学只有抓住机遇，提升作品质量，才能顺应网络文学转型的趋势。

三、现实题材网络文学的审美探究

1.立足现实的文学审美观

现实题材网络文学作品的素材来源于现实生活，作者通过对现实生活的加工和取舍去呈现一个全新的故事，在这个过程中，作品建立了自身的审美维度，这种审美要来源于现实，立足于现实。19世纪俄国作家车尔尼雪夫斯基提出了"美是生活"的哲学理论，他认为："任何事物，凡是我们在那里面看得见依照我们的理解应当如此的生活，那就是美的；任何东西，凡是显示出生活或使我们想起生活的，那就是美的。"在现实题材的文学创作中，要想有高质量的作品产生，必然需要作品具有现实审美价值，现实审美价值则体现在作者对生活的描绘中，作者应该遵循现实主义原则，让人们看到现实生活中的美，作品中对现实生活的描绘能够与读者的现实生活经验产生交集和共鸣，但文学作为一种艺术形式必须要源于生活、高于生活，因此在文学作品的审美中还要创造出超越真实生活的理想现实。知名网文作家卓牧闲的《朝阳警事》就是一部典型的现实题材作品，讲述的是社区民警的故事，在这部作品中，他选取平凡的基层民警为代表，讲述普通人的故事，让读者看到平凡生活的平实和温暖。作品中的警察不是一脸正气，作品中的女孩也不是美若天仙，但作品呈现的是生活中可能遇到的某个普通青年和可爱女孩，从而让读者产生亲切的感觉，这就是立足现实生活的美，是现实题材网络文学作品应该具备的审美观。当然，《朝阳警事》的故事也不是对民警生活的简单记述，还有作者对人物和故事的艺术加工，从而使作品更具备艺术审美价值。

2. 提升作品的情感温度，赋予作品人文关怀

文学的审美需要通过情感来传递，与读者建立情感联系，引发情感共鸣。文学作品的审美活动是需要在文本情感的基础上，实现与读者的体验互动，这就要求文学作品本身具有情感的深度和温度。现实题材网络文学作品的情感来源于生活中的爱、忧伤、孤独、喜悦等，文学作品是作者表达情感和情绪的媒介，通过细节描写和心理刻画，作家可以将情感转化为文字，让读者感受到情感的深度和复杂性。情感的丰富表达使文学作品具有情感的魅力和感染力，能够打动人心。齐橙的《大国重工》主要讲述了国家重大装备办处长冯啸辰穿越到20世纪80年代的冶金厅，带领工人一起用汗水和智慧努力奋斗，为中国重工业发展做出重大贡献的故事。它虽然是一部反映工业发展的网络文学作品，但是在文字叙事上并没有冰冷和高高在上，而是将人物在实现工业强国梦想的路程上经历的艰辛和曲折刻画出来，让读者看到他们为国奋斗的热血和激情，作品被赋予了强烈的历史责任感和爱国主义情感，这使得作品饱满有温度，具有很高的文学审美价值。与此同时，文学的最终指向是人的故事，是对人性的拆解和塑造，好的文学作品要让读者看到立体的人，以及人的苦难、彷徨、情感和抉择，读者通过作品照见人性，理解人性，从而使作品充满对人的关怀。人文关怀是文学作品的深层次审美，它往往决定了一部作品的艺术价值和成就。

3.提升文学社会功用，传递正面价值和导向

文学的功用是社会性的，它不仅包括审美、娱乐等外化功能，实际上，文学内在的价值导向有着更为深远的影响。《礼记·乐记》："治世之音安以乐，其政和；乱世之音怨以怒，其政乖；亡国之音哀以思，其民困。"这里以诗来讨论文学对于社会的教化作用。我国古代也一直有"寓教于乐"的观念，文学可以通过审美、娱乐来观照现实，对人们产生潜移默化的精神影响。巴金在《随想录·文学的作用》中说"文学作品能产生潜移默化、塑造灵魂的效果,当然也会做出腐蚀心灵的坏事",可见文学的思想影响十分深远,树立正确的价值导向十分重要。早期的网络文学作家安妮宝贝在她的作品中描写了很多城市漂泊者的故事,故事中充满残缺与伤痛、孤独和阴郁,带有明显的颓废主义倾向,这些悲伤颓靡的作品在21世纪初十分受欢迎,影响了一代人的审美,尽管她的文笔优美,但是颓废厌世的态度也引发了一些文学青年的效仿,产生了一些消极的影响。过于阴暗和反社会的价值导向会引发很多社会问题,因此,现实题材网络文学创作首先应该树立正向积极的价值观,正向价值观不是对社会的歌功颂德,而是在揭露黑暗现实的时候,不要被黑暗吞没,要让人们看到正能量和希望,在认识人性的过程中,让人们不惧怕人性的阴暗,树立正确的人生观。文学是一种艺术,而艺术的内核是真善美,现实题材网络文学也应遵循这一原则,作者在关注社会矛盾、人生意义、两性关系等社会问题时,要秉承真善美的文学价值观,发挥文学的社会导向作用,向社会传递积极和健康的思想观念。

四、结语

现实题材网络文学是当代网络文学的发展趋势和潮流,同时有着国家政策的鼓励和支持,因而很多网络文学创作者跃跃欲试,想要登上现实题材网络文学的大船。如果不分良莠地让大规模的现实题材网络文学作品一起涌入,就背离了国家对现实题材网络文学作品创作鼓励的初衷,在网络文学发展的全新阶段，提升网络文学创作质量显得尤为重要。现实题材网络文学作品创作不能站在原地走奇幻文学的老路，而是要树立创新精神，不断打造优秀的文学作品。文学的创作和审美是探讨现实题材网络文学的两个方面，在创作上作者需要更多地去学习和积累，认真观察生活，锤炼创作语言，保证作品质量，传达正向的社会价值观；而在作品审美上，现实题材网络文学创作则需要立足现实审美观，同时赋予作品情感和人文关怀，使作品有文学技巧，有内容深度，同时兼具审美价值。

由"文质彬彬"看铁凝散文的文化传承意义

——铁凝散文简论

在中国传统文化的发展史上,"文"与"质"的概念最初出现于《论语·雍也》中,又经后世诸家丰富、完善逐步发展成为关于文学内容和形式关系的"文质说",被视为孔子文艺思想体系的重要组成部分。

据《论语·雍也》记载,孔子最早提出了"质胜文则野,文胜质则史,文质彬彬,然后君子"的说法。在这里,孔子用"文"和"质"对内容与形式的关系加以谈论,彰显"文质彬彬"所具有的典制文章与性情教养之间相统一的特征。在孔子看来,君子的养成,要文华和质地相当,如果质地胜过文华,就会显得粗鄙如野人,而如果文采胜过质地,就会流于浮华。此后，作为一种被广泛接受的理念，"文质彬彬"在中国古典文论中被反复言说，并被赋予了更多的解读。如邢昺认为："文质彬彬然后君子者，彬彬，文质相半之貌，言文华、质朴相半彬彬然，然后可为君子也。"根据邢昺的观点，只有当一个人在外表和言谈举止上同时体现了文雅和端庄以及华丽和朴实的特点时，才能被视为一个真正的君子。再如，扬雄在《太玄经》中以"文质彬彬"来描述风雅、品德端正的优秀之人，并将"文质说"引入了文学领域，认为"文以见乎质，辞以睹乎情"。刘勰在《文心雕龙·征圣》篇中指出："圣文之雅丽，固衔华而佩实者也。"意思是说，雅丽文学思想具有华实相生、文质彬彬的中和之美。从经典之雅丽出发，推演到文学作品华实相辅的和谐统一，即文学内容与形式的完美和谐，达到文质彬彬的状态。其后的"文附质""质待文""正采彬彬"等观点中所集中论述的中国古典艺术审美的理想境界中所包含的沉静内敛、美善相和的内涵以及儒家"至大""善""至德"等道德范畴，既是对孔子"文质彬彬"这一概念的一脉相承，也是这一概念被逐渐运用到文学批评领域的发展与延伸。现代学界以现代文学创作为依据，对古典文论中"文质"的内容进行了拓展，提出"文"是作品的表现形式，"质"则是作品的思想内容，"文质说"为形式和内容的关系所指。通过对历代"文质彬彬"概念的解读可以发现，"文质彬彬"一词，除用以形容君子有文化修养、有思想内涵，举止文雅、仪表端庄、态度和蔼外，还用以形容文章外部的"修辞"与内在"修身"的有机统一，包括对作者文雅文风的赞美，所指向的，既是作者所创作的文本作品，也是经由文本所映射出来的作者本人的风度和风骨，而这种"文质彬彬"的阅读感受，正是铁凝的散文作品给予读者的直观感受。

铁凝是当代中国文坛优秀的女作家，她在创作中，一直追随着中国当代社会的内在脉搏，并以其特有的方式探寻着中国优秀传统文化的现代传承与人性的圆满构建。像《永远有多远》中仁义善良的白大省，《麦秸垛》中宽容慈爱的大芝娘，《笨花》里贤良淑德的同艾等具有优秀传统文化特质的女性形象塑造，都是铁凝对优秀传统文化现代传承的探寻以及对圆满人性的尝试构建。

透过铁凝作品中的人物形象，可以看到在她的散文作品中所蕴含着的中华优秀传统文化特质以及所闪耀着的真善美的人性光辉，在具备现代精神内涵的同时蕴含着浓厚的传统文化意蕴。铁凝的散文内容广泛，涉及面很广，有对至亲师长的感恩怀念，如《怀念孙犁先生》《冰心姥姥您好》《马识途老的两件事》《何不就叫杨绛姐姐》；有对人间温情的铭记回忆，如《22年前的24小时》《惦念》《寻找徐立》；也有不计前嫌的宽容和对世故人情的人性写照，如《与陌生人交流》等。这些作品，虽然选材视角不同，描述对象有别，但都是以"铁骨柔肠"为骨架来架构人性社会的精神诉求，表现的是中华传统文化精神中的真善美和对全人类的善意与关爱。这种善，体现在散文中是充满暖意的写作视角，一种以善良、宽容和爱为底色的温暖书写，其精神内核的至善、至美，既饱含着对当代社会生活的观照，又带着铁凝散文卓异于其他散文的、荡漾着优秀传统文化现代传承的典雅气息。

一、从返璞归真的视角挖掘人性之美、人情之善

长期生活在中华文化氛围中的作家，对文化根源的认知、对核心主题的关注，都是通过日常生活的点点滴滴，日积月累地沉淀在个人的成长经历中。一旦他们进行创作，就会自然而然地运用特有的文学语言将中华文化的优秀基因传承并延续在自己的作品中，使其成为文化传承的重要载体。纵观铁凝的散文，如同她所强调的"生活是创作的唯一源泉"一样，铁凝散文作品中所彰显出来的返璞归真的人性美，也都来源于她的亲身经历。农村生活、家庭日常生活以及童年和家族记忆是铁凝文学创作灵感的三个源头，而这其中4年的乡下生活，既是铁凝文学创作的开端，也是铁凝之于人性美理性思考的文学叙事源泉。

出生、成长于知识分子家庭的铁凝，并没有追随其父亲——著名画家铁扬的书画创作之路，而是自16岁写出她的处女作《会飞的镰刀》并得到著名作家徐光耀的肯定"你写的已经是小说了"后，便确定了耕耘于文学创作之路的宏愿。1975年夏天，铁凝怀揣着自己的作家梦，决定报名去下乡，并把户籍身份改成了农民，此举受到了母亲的坚决反对，毕竟当时城乡差距很大，农村生活的艰难以及下乡后能否回到城市工作都是未知数，这使得这个选择显得沉重而艰难。面对是留在北京去部队的文工团当一名文艺兵，还是顶着母亲反对的压力去农村下乡这两种选择，铁凝最终还是选择了后者。对当时年仅18岁的铁凝来说，支撑她做出这个选择的底气就在于对文学的热爱之情，用铁凝自己的话来说："我之所以放弃了当兵，我想还是因为文学的吸引。"当铁凝临走时，泪流满面的母亲手里

拿着刚注销了铁凝姓名的户口簿，以充满质疑的口吻说："难道你真能成为中国的女高尔基？"但就像社会学家早就从田野调查里发现乡土社会与人内心的原始性有着内在的精神联系一样，铁凝因内心对乡村生活所怀有的无法遏制的渴望而主动选择到陌生天地去，实际上这是她对自己文学之梦的攀缘——"我觉得一个中国人，特别是一个中国的作家，如果没有对乡村有一定程度的了解，或者你不屑于去了解，你可能会写出漂亮的小说，这没有什么问题，但是你不会真正刻骨铭心地了解中国这个民族和这个社会。"这段话可以视为铁凝在多年后，回顾自己的文学创作之路时对自己当初这个刻骨铭心的选择给出的最恰当的总结。

在河北省博野县张岳村生活的 4 年时间里，铁凝将文学创作的基点融化到乡土社会之中，在真切地体会着人与人之间的真诚、善良与爱的同时，也在以文学的视角对乡村各类人物的命运加以凝视并尝试着将其中经由传统文化传递出来的给予她温暖的隐形力量在散文话语空间里给予呈现。铁凝曾经因为劳动手上磨出了 12 个血泡，当铁凝正在因这些血泡而生发出一种劳动成果炫耀感的时候，一位叫素英的农村姑娘却抱着铁凝的手怜惜地痛哭，并说："这活儿本来就不该是你们来干的啊，这本来应该是我们干的活儿啊。"铁凝的乡下劳作感动了这位姑娘，这位姑娘的善待也温暖了铁凝的下乡生活。这位姑娘身上展现出来的人性的美善与淳朴，不仅温暖照亮了铁凝的农村生活，也成为她之后文学创作中少女形象的原型基础，出现在铁凝许多作品中的清新素雅、朴实含蓄的少女形象，实际上都是这位素英姑娘自然生命状态下纯净之美、敦厚之美的折射。"乡村女孩子对我的接纳,成全了我在乡村,或者我在生活中,看待人生和生活的基本态度。"正是基于这种被其他人体贴和爱的切身体验,携带着温暖人心的力量的创作基调逐渐在铁凝的散文中沉淀下来,使她的散文丰富而动人,直接指向人间的美好情感。

铁凝在把人性美安置于散文之中的同时,也在用感性的目光把对与切身生活融为一体的"人情善"的探索放置于生命哲学的层面打量。"仁者爱人"强调人与人之间相互关爱,换位思考,爱己及人,设身处地为他人着想,这一社会稳定、人际和谐的道德基础,是铁凝散文所营造出来的既真切温暖,又时时给予读者温润细腻美感的所在。铁凝眼中的乡村风光并不是风花雪月般的田园之梦,而是形形色色的人和事在日常生活里演绎出来的与传统文化所倡导的"与人为善"相契合的言谈举止。日常生活中那些细小的存在,那些单纯的"善"和质朴的"爱",在铁凝含蕴丰富的词语中融化成湿润之气,雾一般弥漫在散文之中,营造出一种扎扎实实的暖意与情怀。1990年的冬天,铁凝有一段在河北省保定市娄村的居住经历,晚上她居住在乡文化站,为了防身,她随身带了一把友人赠送的电击手枪,半夜上厕所时,她把自己武装起来,披上军大衣,衣兜里放好手枪,走进乡村田野那伸手不见五指的黑暗里,穿过整个院子走到与田野只有一墙之隔的厕所,想象着歹徒如果出现的话是先关手电还是先掏手枪,结果,什么意外也没有发生。在这段时光里,乡政府食堂姜师傅的惦念滋润了铁凝的情感,她曾在书中写道:"我说您一个人吃饭还自个儿敲钟,姜师傅说我是敲给你听哩,虽在村外,也能听见,派饭也得按时候吃。"这些具有朴素人性温暖的相遇，在铁凝的小说作品中多是由"传统型"的人物形象表现出来，比如我们熟知的白大省、大芝娘，她们以仁义之心关照着这个世界，铁凝用温暖和善意的视角将中华优秀传统文化的精髓表现了出来。人类的生存是需要相互惦念的，最高尚的文字也离不开最平凡的人类情感的滋润，让读者油然生发出在乡村文明被工业文明逐渐吞噬的现代，固有的中华优秀传统文化依然以属于自己的方式延伸在世俗社会深处的窃喜。

除了农村生活之外，家庭日常生活以及童年和家族记忆也是被铁凝写进散文的重要内容。铁凝一系列关于童年趣事的散文作品，比如《盼》《国庆那一天》《一千张糖纸》等，都是她"孩子是可以批评的，孩子是可以责怪的，但孩子是不可以欺骗的，欺骗是最深重的伤害"的君子之风的具体反映，其中作品中所洋溢着的稚拙却不失灵动的点点滴滴，因与许多人的童年感怀相共鸣而大都成了脍炙人口的名篇。

铁凝一系列的回忆散文中，还详细记述了孙犁、徐光耀、马识途等老一辈作家对她的指引和教诲。其中有很多幽默又充满人生智慧的"文学典故"。《一件小事》中写新凤霞摔了茶壶，然后出去买了一个，说自己赔自己一个茶壶，就相当于一个人的伤心两个人分担了。《马识途老的两件事》中，铁凝从文学晚辈的身份出发，回忆了马老"天对他不好的时候，人对他不好的时候"两种境遇下的人格魅力，大气磅礴、端严峥嵘。可以说，铁凝的创作是文学源于生活的生动实践。

二、以"铁肩担道义"的担当弘扬文学的真善美

习近平总书记在中国文学艺术界联合会第十次全国代表大会、中国作家协会第九次全国代表大会开幕式上的讲话中指出:"文艺创作的目的是引导人们找到思想的源泉、力量的源泉、快乐的源泉。清泉永远比淤泥更值得拥有,光明永远比黑暗更值得歌颂。广大文艺工作者要提高阅读生活的能力,善于在幽微处发现美善、在阴影中看取光明。"文学的作用在于人的精神生长,铁凝关注人性、关注人心、关注人的精神状态。铁凝说:"文学是灯,或许它的光亮并不耀眼,但即使灯光如豆,若能照亮人心,照亮思想的表情,它就永远具备着打不倒的价值。""文质彬彬"作为一个重要的美学命题,在个人修养层面,"文"表现为"礼","质"表现为"仁";"文"是"质"的外在化,"礼"是"仁"的外在化。在中国传统文化的价值范畴中,"仁"是最为核心的元素,也是最能表现家国一体化思想的重要观念之一。

有人说铁凝散文的底色是"真善美",实际上,善良与担当也是铁凝为人处世的重要原则。作为一名当代文坛的女作家,同时又是中国文学艺术体制的主要负责人,她之所以能够把自身的善良,经过长久的创作跋涉提升,展现作家的善良,这里面有她非凡的个人能力、人格魅力和浑然天成的人生智慧,也有"铁肩担道义"的文学担当。

朱熹说:"美者,声容之盛;善者,美之实也。"善是美的归宿,美是善的表达形式。作家在进行文学创作时,叙事、说理、抒情实际上都是自己人生价值观的直接反映。当我们从"美"的这一视角对铁凝的散文加

以观照就会发现，铁凝散文创作中那些生机勃勃的进取精神和乐观昂扬的时代情怀以及对美好生活的诗意憧憬，就像一股纯洁清澈的山泉，濯洗着人们的灵魂，激发起人们向善向美的强烈愿望。这是与人情重、是非少的铁凝，把官员身份、作家身份和女性身份完美地集于一身的特质分不开的，在个体化创作的同时，她也很好地履行着推动中国文学进程不断向前发展的历史社会责任。她将散文中的"美"与人格之"质"和谐统一，其中的"铁骨柔肠"式写作在把"文质彬彬"所蕴含的温柔敦厚推进到深远的精神之维的同时，也以感性的方式把蕴涵着优秀传统文化的人格质感涂抹到文本之中，也就是说，铁凝的散文创作所具有的对至善至美人性结构的呼唤意义，既和"文质彬彬"写作传统的内在联系相统一，也与铁凝的性情相和谐统一，是铁凝内在精神世界的外在表达。

作为一名作家，铁凝一直从促进人类精神健康的视角，来看待文学以及文学涵养情操的作用。她说："文学不是万能的，但是一个民族一个国家，甚至小到一个城市，没有文学是万万不能的。就是说它的作用再微小，它的声音再微弱，但总还是有一点用。那么这个用在哪儿呢？因为别的行当都占了的话，那么文学最微弱的那一点作用在哪儿，我认为它还是应该有一种勇气，文学应该承担一种功能，即使不谈责任，但是至少得有捍卫人类精神的健康和我们内心真正高贵的能力。"铁凝的"铁骨柔肠"决定了她无法仅以一个旁观者、见证者的身份去面对社会的风云变幻以及文学的使命，而是以一个与时代共情承担者的身份去关注时代，以自己的笔墨履行自己的责任，记录时代大潮中的人与事、喜与乐、哀与悲。当然，要将文字背后的思考很自然地融进散文的片段里，首先要有直面生命的勇气，否则要么因无法直视生命的失败感而使文学表达变得僵硬，要么因各类人物命运的跌宕起伏使文学表达充满了焦虑。所幸的是，文字的力量和心灵的力量都是铁凝不曾缺少的，因而她能够有力地践行自己的担当，保证文学的审美与她自身的经验处于一种恰当的调适状态。那些平凡的，温暖的，带着古风虽逝、余音犹存意味的词语，带来了许多思想性的东西，既是世情，也有远思。例如，在《阅读的重量》一文中，铁凝分析了不同时期的阅读对于精神滋养的意义，她说，阅读其实是一种有重量的精神运动，70年代阅读带给她的是重量级冲动，群体性的阅读兴奋在80年代，新世纪的今天，阅读被放到了"无用"的一面，阅读文学作品似乎又是所有阅读品种里最无用的一种。但是阅读作为一种文化现象，其最大的益处是对人心的滋养，更多的是对人的缓慢、绵密、恒久的渗透。所以铁凝说："作为一个写作的人，似乎也就在阅读所呈现的不同重量里，找到了自己相对永恒的信心。"阅读如此，写作亦然。在瞬息万变的知识爆炸时代，铁凝一直坚守写作的无用之用，用"文质彬彬"的美学思想，呼唤着时代和人性的至善至美。铁凝在很多场合都提过"一个国家在富强崛起时，文明以何种面目支撑"的话题。在《山中少年今何在》中，她写道："因为变富并不意味着一定变坏。而'变好'并不意味着一定和贫穷紧紧相连。文学在其中留神的应该是'困境'。贫穷让人陷入困境，而财富可能让人解脱某些困境，但也有可能让人陷入更大的困境，只有精神文化的富足才能让灵魂跟上变化的脚步。"就像铁凝在散文《文学是灯》中所说的，文学是灯，照亮人性之美，以自己的文学实践去捍卫人类精神的健康和心灵真正的高贵。而作为一个作者，希望用文学去点亮人生的幽暗之处时，首先要用谦逊把自己的内心照亮。谦虚、恭让是儒家提出的待人接物的准则，这和传统文化中"仁"的观念一脉相承，这种"谦谦君子"之风在散文创作中的表现就是不计前嫌的宽容，面对生活的苦难勇于承担的果敢，还有为人性幽暗处点燃的一点星火。铁凝在与王尧的访谈中，构建了一个"善"的理想境界，她说："但我希望我有个大善，不是小善，不是小的恩惠。我认为作家应该获得一种更宽广的胸怀和境界。"铁凝用自己的创作来呼喊人性秩序的美美与共，体现出一位有良知的作家对文化使命的传承和承担，也是对"文学是人学"的躬身实践。

三、恪守和传承"文质彬彬"的尽善尽美

文化传承是将一个社会或群体的历史、价值观念、知识、习俗和艺术等重要元素从一代传递到下一代的过程，文学表达是使后代能够了解、尊重和继承自己的文化，使文化得以持续发展的重要途径。历代的文学经典之所以会跨越时空限制润泽人心，广为传承，奉为上品，是因为它们所表达的是我们人类所要彰显的真、善、美的精神。在文学活动中，"文质彬彬""尽善尽美"是文与美的对应，善是对于内容的要求，美是对于形式的要求，尽善尽美是对于文质并重的最高审美规范。"文质并重""尽善尽美"作为儒家的文艺观对于后世的文学思想有着深远的影响。有人做过统计，铁凝几乎没有纯粹意义上的文艺理论文章，她关于文学创作的很多

思想都可见于她的散文中，所以，分析铁凝的散文，是绕不开对铁凝文艺思想的分析的。铁凝的文艺思想主要包括四个大的方面：第一个是生活和创作的关系；第二个是关于文体创作的论述；第三个是作家和读者的关系；第四个是责任说，就是文学理论中的接受理论。

关于深入生活、体验生活，铁凝认为作家首先要保证"在自自然然的状态下"，与周围的人"平平常常地生活在一起"，只有这样，才能对那些日常、平常的东西进行深层次的把握与判断，从中挖掘出"属于文学的东西"。铁凝在散文《无法逃避的好运》中，对文学和社会责任的关系进行了探讨，她认为作家的身份不是个体化、私人化的，而是具有强烈的社会性的，承载着理解世界和人类的责任，以及对人类精神的深层关怀。文学的魅力在于我们必须有能力不断重新表达对世界的看法和对生命新的追问，必须有勇气反省内心以获得灵魂的提升，同时，社会责任和它的艺术主张也不是矛盾的，社会责任理应是其艺术主张的一部分。

作为当代写过多部优秀长篇小说的代表作家，铁凝对小说创作也很有发言权。在《我们需要什么样的长篇小说》一文中，铁凝认为，短篇小说对应的应该是景象，中篇小说对应的是故事，长篇小说对应的是命运。从内容上来说，她认为长篇小说更适合作家展开对人类命运的把握和摸索，对个体生命的走向，对大时代发展的揣测和领悟。而对于作家与读者的关系、创作和欣赏的关系，铁凝在散文《优待的虐待及其他》中很形象地打了一个比方："有时候我觉得作家与读者的关系有点像主人与客人的关系，假如作家是主人，一个诚挚的主人总是希望通过自己的努力使客人满意的，有时这种努力还能影响客人与主人共同创造出一个理想的氛围，使客人不至于尴尬，不至于打算尽快逃脱，在这里起重要作用的恐怕是分寸的把握。一个好的主人当他摒弃奉承和迎合客人的意念时还能造就他的客人，如同好的作家有力量去造就他的读者。"铁凝就是有力量造就读者的好作家。

铁凝的文艺思想对儒家中"和"之美的文艺范式的传承主要表现在以下两个方面：第一个是通过"温柔敦厚"的诗教表现出来的对人身心修养的调整和促进，强调文学艺术的风格追求与人格锻造的联系，其本质就是做到审美和修身的统一，也就是我们现在说的"文如其人"和"德艺双馨"；第二个是以"至善至美""文质彬彬"为基础的"仁"，其目的是调整社会秩序和人的生存状态，主要体现的是社会作用和人文目的。"文质彬彬"由个人修身推广到社会人事，与"温良恭俭让，忠孝勇恭廉"相结合，进而推进社会秩序的稳定与和谐。儒家美学的创始人孔子，曾用"尽善尽美"标示艺术的最高理想。在他看来，艺术不仅是美的，更应该是善的。铁凝也用同样的话形容自己的创作，她说："无论我写什么，真善美都是我的底色。"但这一说法的提出，也容易带来对写作风格的挑战，读者会在有意无意间对其写作风格进行关注，如此，就使作家和读者相互融通的关系被加以凸显。作为作家，如何将有思想感召力的散文，写得颇有属于个人风格的趣味，就不得不面对"写什么"这个难题背后的"怎么写"的纠结。个人风格是文学评论喜欢谈论的话题，作家对写作技术的处理，都是为了避免惯性的阅读疲倦。因此将写作形式探索放置于生命哲学的层面打量，是每个成熟作家必须面对的课题，相近的话题，因作家的思想有别，写出来的韵致便不一样。铁凝也意识到了个人风格形成的重要性，传统写意的笔法和笔记式的表达逐渐被召唤出来。从她的创作中期开始，铁凝的散文开始由写实主义向本质主义渗透。细心的读者可以发现，虽然在她的行文中，温润如玉的优点依然保留着，但在"怎么写"的处理上，在保持女性作家特有的细腻特点的同时，更多的世俗社会的隐形力量在她多维的文学空间中流露出来。在铁凝的作品中，那些关于凡人生活的记录，将对世态悲悯的感觉融化到乡土社会，这其中，又带着文学家特有的学识，有了几分"于无声处听惊雷"的厚重，由此，属于铁凝的风格便逐渐丰满起来。

四、结语

在中国现当代文学史上，沈从文、汪曾祺、孙犁等老一辈作家都是在坚持自己写作风格的同时，关注中国的传统文化精神，在作品中展现人性善、人情美。铁凝也承接了这种写作传统，注重从传统文化中汲取写作资源，表现真善美的理想人格。铁凝在散文中呈现真善美和"仁义"思想的理想追求，用一贯的温暖和体贴来关照人生和社会，但她从不回避虚伪和丑陋的呈现，并将它们置于温暖阳光的照耀下，获得新生，一如学者谢有顺所说："读铁凝的任何文字，你都会发现，那里面蕴含的力量一直是温暖而坚定的，即使有偶尔闪现的阴暗和悲观，也很快就会被一种更根本的善所化解。"

在阅读铁凝的《温暖孤独旅程》一文时，我一直在想一个问题：为什么铁凝在人生的路途中，遇到的都是一些好人或者是令人尊敬的人呢？想了半天，我终于寻找出了答案，这一切都源自铁凝内心总是充盈着"善与正"的美好，在面对困境、面对生活浮沉时，始终保有"稳"和"正"的心绪，这一点与王国维《人间词话》里所谈到的，诗文的"妙处唯在不隔"有着异曲同工之妙，即要想"不隔"，就要有内在的心灵秩序。

由正气、正直构成的浩然之气不仅构成了铁凝散文的基本脉络和写作层面，也给予我们一种铁凝一直是以认真、真诚的态度守护和传承着中华优秀传统文化的直观感受。在创作中，她从文化传承的意义出发，对优秀传统文化精神加以彰显的同时，也在用美而丰盈的文字传递着她认为的优秀传统文化的价值观。这种文质互补的文风，不但给予了铁凝散文深刻而隽永的意蕴，读来不仅会获得一种高雅的阅读感受，而且会让读者感受到一种极为深切的显示着人性的美质，它所指向的既是铁凝散文的文本，也是文本所映射出来的属于铁凝的君子之风。无论是写实的笔触连带出的笔记体韵致式的"文"，还是现代世情与传统伦理尺度交织的"质"，都可以在铁凝的散文中找到相应的"彬彬"之状，而这一点，正是铁凝散文的价值所在。

"两创"视域下现代乡村精神人格的建构
——以李登建散文集《血脉之河的上游》为例

　　散文集《血脉之河的上游》收录了山东散文家李登建近年创作的53篇乡土散文,作者以故乡梁邹平原为背景,展示了中国乡土大地的古老沧桑和深厚庄严,书写了父老乡亲祖祖辈辈的生存状态和生命形态。散文集的很多篇章都对齐鲁大地民间传统文化的精神特质进行了辨析性反思,字里行间流露出对故乡的深厚感情,正如李一鸣、张清华、房伟等评论家认为的一样,李登建是从齐鲁大地上走出来的"精神之子"。他以自然的或者文化的审美视角,描写乡村生活和地域文化,表现出一定的乡土人文关怀和地域文化内涵。作者在他的散文中执着地寻找梁邹平原民间文化的精神之根,也时时反思包含其中的传统文化观念，指出了在推动优秀传统文化创造性转化、创新性发展（下文简称"两创"）的视域下现代乡村精神人格建构的一个方向。

一、梁邹平原的文学地理建构

从自然背景上看，这部散文集以深广的生命意识描绘了黄河下游平原的地域风情。李登建对黄河下游平原——梁邹平原上的自然景物、人物风情都非常痴恋。在《平原走笔》中，他写道："从青龙山脚下到黄河南岸这块苍黑色的土地，就是反复出现在我笔下、让我一生也写不完的梁邹平原。"这里的山川河流、父老乡亲很自然地都进入到他的创作中，其中典型的是对平原这块土地的描写，这块土地上的树木、庄稼、小路、石桥、老胡同、水井、学校、祠堂、庄户人家共同构成了一幅生动形象、民风淳朴的鲁北地域风景画。他对家乡自然景物的描写特别投入，在他的描写中，自然景观都能感知悲喜、苦乐，承载生命的苦痛、忧伤和生命轮回的情感。同时他更注重写平原上的底层百姓——"我血脉之河的上游在祖父那里，我从下游完全可以想象到上游的景观。以我和哥哥的人品、性格推测祖父，他应该是一个正直、善良、厚道、本分、勤劳、节俭、不善交往、要面子的人，也是那类不服输、打碎牙往肚里咽的硬气汉子。"——这是发表在《人民文学》上的散文《血脉之河的上游》里面的一段文字，这本是一篇记述祖父平凡而又不平凡的一生的文章，但作者没有写成一般的亲情散文，而是把家族血脉比喻成一条河流，上游的祖父受困顿生活的逼迫，勤劳、节俭、坚韧而孤傲，下游的"我"却没有完全继承祖父的优良品质，由于时代和环境的变化，"我"变得懦弱、卑怯了，可以说上游波澜壮阔，下游河瘦水浅。文章试图破译家族的生命密码，而这个一代一代传承的生命密码关涉家风和家训。从文化属性上讲，这实际上是一个家族世代沿袭下来的体现家族成员精神风貌、道德品质和整体气质的家族文化风格。在他的《李家祠堂》一文中，祠堂坍塌，家谱丢失，人心不古。而在《齐土一夜》中，搬迁触及每家每户的利益，在利益面前，大家族四分五裂，老族长悲愤而死，后生们不再顾及血缘关系，邻里之间互相猜疑、提防、争斗，原来的亲和、友善丧失殆尽，人性的弱点暴露无遗。在李登建笔下，梁邹平原这块古老的土地上，正在发生着深刻的历史变迁。

李登建有着"大平原散文家"的美称，他写了很多"平原散文"，在《啊！平原》《平原走笔》《平原的高度》《无言的平原》《平原的时间》等篇章中，"平原"作为李登建乡村散文的主要审美意象，已经内化为他精神主体的一部分，也是他探寻父辈文化传统和精神皈依的诗性象征。"平原"幻化为他精神乌托邦的神圣属地，物化为现实的平原，文本中的"梁邹平原"不再是一块地域性的黄河冲积平原，而被诗化为承载着乡村农耕历史和现实的"大平原"，平原滋养着乡村的生命和万物，生机勃发的同时也历经劫难。李登建对于梁邹平原形象的塑造并不主要在于人格化的平原叙写，而是针对那些生活于其上的活生生的人们的生存状况、人生境况、生命状态的另一种形式的还原。它是祖父、父亲、母亲、叔叔、哥哥、根子二伯、老凯叔、柱子、大憨、大梅、于老三、槐花嫂……几代人的苦难史、挣扎史、抗争史、奋斗史,他们"面朝黄土背朝天",累死累活地在土里讨生活,他们正直善良、厚道本分、不善言辞、外表隐忍、内心强大、生命力坚忍顽强,但同时他们用讲场面、讲情义的方式维护着生命的尊严,平原也以这样的方式演绎着自己的博大深厚以及乡村农耕文明的历史和苦难。青龙山、杏花河和千年乡路的美丽传说建构了平原的历史,也涵盖了平原父老的优良品质,包括勇敢、智慧、奉献和坚韧,这和齐鲁大地的文化底蕴是一脉相承的。春秋时期,齐国崇尚务实刚毅,鲁国偏于温良节俭,曲阜的杏坛与临淄的学宫成为当时整个中国的文化高地。随着齐鲁文化的融合,到隋唐时期,齐鲁大地的男子多务农桑,重视学业,而且都崇尚节俭,由此形成的地域文化属性逐渐演变为有家国情怀的道义担当。《血脉之河的上游》这部散文集能写出梁邹平原独特要义的一点在于它写出了这一辈辈乡人的精神特质,写出了一辈辈勤劳节俭的庄稼汉正直善良、厚道本分的一面,写出了他们爱讲场面和排场、有一些小虚荣的一面,也写出了他们外表隐忍、内心很强大的一面,虽然他们改变不了命运,但也有着打掉牙齿往肚里咽的倔强。《黑伯》中的黑伯不仅被子多妻病的境况压弯了腰,更被乡亲们的鄙视和欺凌折磨得失去了脸上的笑容。他在死后才逃脱身体、精神的苦难,露出一点笑的模样。《羊将军》中的二癞子在同村乡邻面前得不到一个正常人的尊严,他便在羊群中陶醉地扮演"将军"的角色,在异类中找回尊严。这些作品都凸显了梁邹平原人们的悲苦心路历程和隐忍的精神特质。

在《啊!平原》中,李登建对平原上的草木和庄稼有过这样的描写:

那些生活在平原上"黄了又绿,绿了又黄"的草儿,"亮如珠、碧如丝的草芽刚露出小脑袋,老谋深算、阴险凶残的霜冻立刻反扑过来。它们大病一场,气息微弱。好不容易恢复了元气,在地面上织出一层薄薄的软软的锦绣,就又开始遭受万般的践踏。什么样的蹄、足甚至爪都是可以任意践踏草、蹂躏草的,这蹄、足、爪们趾高气扬,好像在替天行道,没有谁谴责这类暴行,为草们鸣冤。不仅如此,活在世上,草们还不得不接受种种无礼的鄙视,下流的辱骂,时时胆战心惊地提防着铁铲和锄头"。而那些善良的庄稼,也要忍受折磨,天旱时土地干得冒烟,种子烫得滚来滚去,拱出地面的小苗苗面黄肌瘦,渴望雨水,但雨下大了,又积了水;那些害虫,又挡在了它们的前面,这群乌合之众个个都穷凶极恶,如狼似虎,吃肉,吸血,噬骨,然而,它们都咬着牙挺了过来,"一场灾难长高一节,一场灾难成熟一分!"这里的草木、庄稼都是一种象征。作者通过它们,进一步突出平原上人们经历的苦难和他们的不屈不挠以及生生不息。

无疑,这平原上的一草一木,都被作者化景语为情语,化物象为心象,寄托了作者对这片土地的深情和对命运的感受,灌注了一腔同情之泪,一片赞颂之声,一种深沉的反思和一番清峻挺拔的自省。平原上的乡民在失去了自己赖以存身的土地之后,到城市打工。《高楼背后的他们》《她、"十八盘"和一支小曲儿》《折翅之鹰》《看看他的脸》都是描写进城民工生活的散文,朴实无华,却往往在细致的记述中,展现出了漂泊在城市里的农民敏感而丰富的内心世界,农民们与城市人之间的心理隔阂,他们渴望融入城市却不被城市接纳。《折翅之鹰》一文写农民建筑工给城里人盖大楼，在高高的脚手架上像雄鹰一样敏捷、矫健、英武，而在街道上却散漫、邋遢，被人瞧不起，在汽车站遭遇严厉的"盘查"，他们没有得到应有的尊重，他们也自惭形秽。《高楼背后的他们》中的农民工却采用了一种截然相反的形式来维护自己的尊严。他们虽然处境艰难，却自造欢乐。他们不在乎城里人的睥睨，热情地拉"我"入席喝酒。年轻的农民工大声唱歌，有意搞出很多动静，"隐隐地期望有人能注意一下自己"。在生存的重压之下，他们有苦痛，但仍然简单地快乐着。苦难因为快乐的干预而变得不再那么沉重。这是一种非常达观的生活态度，是一种超越苦难的积极向上的精神境界。

山东的作家一直是书写乡土情感的能手，散文家喜欢写家乡的风土人情，好像是一条十分默契的创作规律，如老舍笔下的老北平街头，沈从文笔下的湘西，柳青痴恋的八百里秦川。能够比较典型地体现山东地域文学创作特点的就是享誉文坛的"文学鲁军"，李登建就是"文学鲁军"散文方阵中的突出代表。"文学鲁军"发轫于改革开放初期，他们关注社会现实，多具批判意识和人文情怀，以"道德理想主义"著称，他们的作品大多关注齐鲁大地的乡村民众，坚守朴素真切的传统美德，对山东传统的道德文脉进行了继承和创造，这和山东一直以来的"美德山东""好客山东"的形象也是相契合的。所以无论各种先锋流派如何盛行，山东作家一直秉承传统基因，扎实地书写在齐鲁大地上。李登建的这部散文集也恰恰是在这一点上做到了传统和现代的有机融合。乡土情怀早已成为民族集体中一种根深蒂固的情结，也是传统文化中的一种基本情感。我们每个人都会有乡恋情结，乡恋是我们对于生命源头、立足根基以及心灵栖息地的一种眷恋，但是李登建对家乡人事风物、风景民俗的描绘，在表达对家乡故土的怀念之外，更多的是对乡民们生存状态的体恤和悲悯。在这部散文集里，梁邹平原的水是滋养万物、充满灵秀之气的，人则是最善良朴实和坚韧勇敢的。正是因为有了这样的情感，李登建也以相对客观的视角，对其中较为古老的生产生活方式、一些乡风民俗进行了全面而深刻的审视。在认识到他们身上有谦和忍让、人情厚道、吃苦耐劳等美好积极的一面的同时，也看到他们身上有着自私狭隘、眼界格局较小等缺点。《钉在老树上的故乡》中的三奶奶，对集体的事漠不关心，在抢槐豆子时却跑在最前面，对于乡邻的这些性格特点以及传统文化中的陈风陋习，李登建进行了辩证的认识和分析。传统文化中有优秀的成分，也有粗鄙的元素，我们要扬弃地吸收，创造性转化和创新性发展其中的优秀传统文化。现在乡村外出务工的人越来越多，从事土地劳作的人越来越少，乡村在变，社会在向前发展，不能再墨守成规。在现代文明的进程中，保存好传统文化的优良基因，不被同化或者淘汰，这是一种在反思中进步的书写方式。

二、"双创"视域下现代乡村精神人格的建构

《血脉之河的上游》这部散文集对齐鲁优秀传统文化的传承还表现为坚守民本思想的人道主义精神。民本思想是中华优秀传统文化的重要组成部分。《尚书》中记载"民惟邦本，本固邦宁"，《孟子》中记载"民为贵，社稷次之，君为轻"，这是齐鲁文化平民思想的理论核心，这种民本

意识突出的表现即为对农民苦难的忧患意识和对他们悲苦生存状态的悲悯之心。李登建以博大的人道主义胸怀来思索并书写那个年代乡民所经历的悲苦，并将农民的富裕和贫穷、幸福和苦难置于中国社会的宏阔背景上进行思索。他甚至将这种悲悯而富于人道主义情结的平原生命意识，贯穿到他对身边所有不幸和苦恼的人们的考察中。《红木"王朝"》中，一群浑身木屑、粗手大脚的木工、雕工，与精悍机灵的玩家杨二嫂形成了鲜明的对比，工人们用勤劳与坚韧创造着社会的财富，却始终处于社会的底层，他们本该得到尊敬与仰望，却总是被忽视与遗忘。在金钱驱动下，更多精明的人处于社会的顶端，他们在"玩"中收获名利，朴实的劳动人民却在埋头苦干中承受苦难。在巨大的红木"王朝"中，劳动人民无疑是匍匐于地的人，而正是这些人支撑起了庞大的"王朝"上层。《正午》一文所写的劳务市场上的农民工，他们在烈日下忍受煎熬，等待雇主，心焦似火，一旦被雇用，他们就拼命干。"他们痛痛快快地滚一身泥土，又痛痛快快地以汗洗身。他们尽情地释放着肉疙瘩里的蛮劲，也尽情地释放心头的重负。对他们来说，劳动真是无比的幸福。他们哪里还相信人世间另有盛夏躲在装空调的室内和在绿藤架下品茶的享乐。"

优秀传统文化之所以具有旺盛的生命力，一代代流传下来，是因为它能够在变化的时代基于人们普遍的心理认同找到新的表现形式。孔孟思想作为文明和知识的象征、道德理想的象征、区域文化精神的象征成了齐鲁文化的传统根基。这样的文化底蕴决定了山东的作家很少刻意地追求作品的"轰动效应"，他们往往坚守着一些固有的并带有永恒意义的东西——

道德、理想、气节常常出现在他们的作品中。李登建的散文就有这样的特点，他笔下梁邹平原的风俗人情、自然地理和精神文化都是对齐鲁地域文化的传承。《血脉之河的上游》这部散文集对传统齐鲁文化的传承主要表现为积极入世的理想主义，包括完美和谐的社会理想和自我完善的人性理想。在这部散文集里，我们随处可以读到的是对理想人生的憧憬，虽然有对乡民生活状态的悲哀和悲悯，但更多的是对美好未来的追求，从他的文字中我们可以读出其中对人性的自我完善和对社会和谐的期许。在《风雪裹住平民的节日》中李登建写道，灯会是平民的节日，多少底层百姓靠在灯会上卖玩具、小吃以及打扫卫生生存。同时他也写了人们在灯会上享受一年一度的收获和放松，祈盼来年有一个新的开始，集市热闹丰富，吃的、喝的、玩的样样俱全，有卖小花灯的、卖电子吉祥物的、卖牛皮腰带的、卖钥匙环的……卖奶油爆米花的、卖冰糖葫芦的、卖臭豆腐的，还有玩一元钱十枪快乐射击、有奖套圈、开心球、"打掉拿走"游戏的……买、买、买，尝、尝、尝，玩、玩、玩！人们尽情地享受着劳作一年的放松，这时的狂欢凝结着幸福的味道。节日过后，他们又开始了新一年的苦干打拼，"在这里大碗喝下壮行酒，重新上路"。李登建和很多山东作家一样，尽管也书写生活的苦闷和无助，但更主要的是写人们乐观向上的生活态度，这里面最根本的支撑就是坚定的理想信念和文化自信。李登建的文本体现出来的是一种大爱精神，是对乡村生命本体的生存环境、生命意义、人生价值的思考和探寻，属于真正意义上的人文关怀。

三、对散文文体功能的继承和开拓

从总体意义上讲，中国当代文学是社会主义文化的想象与实践，也是对中华优秀传统文化的传承与创造性转化。在五大类文体中，对优秀传统文化的承载和传承最具有悠久历史的要数散文了。自有文字记载以来，散文就担当起记录、保存民族记忆的功能，所以站在当下的角度，散文文体承载的创新性发展和创造性转化功能主要体现在以下几个方面。

其一是现代散文秉承的中国散文"文"的传统。"文以载道"其实质是文要有思想，这个思想包括两个层面的意思，一个是有思想底蕴和文学良知，一个是要有社会观照的深度和广度。在文本中的体现就是不能只写青春年少的风花雪月和鸟语花香，而是要对当下社会发生的变化进行纵深的观照和思想上的反思。李登建的散文就直面了当下正在进行着的中国社会转型过程中的一些变化，在"平原"系列散文中关注"大地母亲"的变化，在"农民工"系列散文中则关注了实践脱贫攻坚和乡村振兴战略之后的乡村呈现出的活力生机的一面，在《沾一身夜色》等散文中关注的是正在日渐消逝的但也是一部分老百姓用干维持生计的民间手艺，如磨刀、打铁等。

其二是对传统文学语言的传承，传承传统文学语言不是说我们放弃白话文而去用文言文写作，这实际上是一个偷换概念的伪命题，纵观中国的经典名篇，从《阿房宫赋》到《少年中国说》，从《孔雀东南飞》到《木兰辞》，从《世说新语》到《红楼梦》，尽管文体类别不同，但有一个共同的特征是语言优美精练，也正是因为这一点，才得以历代传诵、经久不衰。李登建在这本散文集里的很多篇章，特别是描写他的文学地理"梁邹平原"中，对平原上的事物、人物都进行了精美的描写，正是有了这种自觉的语言意识，他的散文才呈现出可以触摸的生命质感和大地情怀。他还刻意营造着某些华丽铺陈、对仗工整的骈文色彩，常在意象内部造就富于动感而气势恢宏的"文气"，使得散文气韵生动，原有的生命意识得到了更好的张扬，如他在《站立的平原》中这样写树："到了盛夏，受了充沛的雨水的滋润，绿在膨胀，平原深陷在无边的绿里。一块一块青纱帐田、稻谷田拥挤着，简直插不下一根别的颜色的针管，广阔的天空却为树们所独有，它们柔软的手帕挥动起来就像大朵大朵的云絮在自由地舒卷，那样子十分优雅；而当它们憋着一股劲使不出，狂躁不已，痛不欲生的时候，万丈巨澜平地掀起，翻江倒海，喷溅翠玉的泡沫拍打天壁，凄厉的涛声如同群狮的怒吼，又恰似隆隆雷霆滚过头顶。如此雄浑、深沉，这平原的粗重的呼吸。满世界只有这一个声音，那丝丝叹息、缕缕哀号都淹没在里面了。这时候平原呈现出一种悲壮的大美，令人敬畏。"同时他也善于运用方言土语，从群众口语中提炼的鲜活生动的词句散见于文本的角角落落，文本透过语言呈现出返璞归真的特质，透露出浓郁的生活气息和地方色彩。

其三是主动呈现人文精神和社会情怀。对"文以载道"存在偏见的人是因为受到了"文学功利主义"的影响，而实际上，越是优秀的散文，呈现的人文精神和社会情怀越多，这才是散文"文以载道"的内涵，这里面既要有对个体生命的思考，也要有家国情怀的担当，这样就能自然地实现个体命运与国家命运的相连。就当下的散文书写来说，作家要有主动介入现实的勇气，去书写有温度、有力度、有深度的作品。李登建的很多散文关注了乡村一辈辈农人和土地打交道的生命轮回，写出了他们生命不能承受的难和痛，写出了他们的隐忍和悲悯，也写出了一辈比一辈强一些的希望。散文《千年乡路》里写了一条从村庄到田野的土路，一代代农人在上面滚，在上面爬，生走这条路，死也通过这条路，脚印和纸钱铺厚，垫高了这条路。作者通过这条路写了一个村庄的历史，写了农人劳作、谋生、挣扎抗争的奋斗史。这篇散文曾入选作家出版社2019年8月出版的《新中国70年文学丛书·散文卷》。在《死胡同》中，"我"看到胡同里年纪最大的老人赵爷爷坐在石头上喘息后感慨不已，"我不能深刻地理解他的孤独和痛苦，体会不到一头在田野里奔走一生，老来却无力下田耕作的老牛的悲哀"，"大东洼的红高粱一茬接一茬，小胡同里后继有人……他们个个强壮如牛，个个是顶呱呱的庄稼把式"。散文中的农民工或者打工人，一般是生活凄苦的，精神受难的，居无定所、老无所依的，而《她、"十八盘"和一支小曲儿》中的小区清洁工——"她"，虽然对社会分配不公有不满情绪，但乐观、豁达，是生活在大地之上有归属感和获得感的"打工人"。《兄弟们》用辩证冷静的眼光审视乡村邻里之间的感情和亲情，和谐的、善良的、存在闪光点的人性是值得传承和温暖人心的，而与之相悖的尔虞我诈、坑蒙拐骗的伎俩则随着大家幸福指数的"水涨船高"逐渐被丢弃。

在平原整体拟人化的地理意象中，还有很多次级意象。比如，树、草和庄稼。这块土地也是多灾多难的，"盐碱很重，地下的水苦咸苦咸，好多娇贵的树木都在这儿存活不下去"。在这块苦难的土地上，只有那些看起来卑贱的植物，才能以顽强的生命力茁壮生长。而那些卑微的草儿，平凡的树，沉默的土地，乃至那些为生命歌唱的麦子，都在生存的苦难前挺直了脊梁，默默地承受着苦难，孕育着生命，并包容着所有难以言传的酸楚和尴尬 正如中国大地上那千千万万的农民一样。

山东作家因创作主题和创作内容的传统或者说保守，呈现出厚重、沉稳、朴实的创作特点，这和山东人的形象特点、气质类型有些相似。当下，能够坚守传统、沉稳踏实地创作成了对抗繁华喧嚣的"一股清流"。山东作家笔下的道德理想和人文理想是他们对传统齐鲁文化的创新性发展和创造性转化，是他们在各种实验、先锋等新潮创作风气盛行之时，能够坚守的根据和理由，或者可以说是抗拒虚无和绝望、坚守信仰和尊严的精神支柱。在李登建的文本中，平原、乡村、家乡，大地上的芸芸众生以一种庄严悲壮的面貌呈现，氤氲着沧桑的冷峻之美。在他的审美世界里，乡村以及乡村生命是和苦难隐蔽联系在一起的，他在书写这些苦难的同时，也写出了平原以及乡邻们生活的变化和更新，这是他作为一个人文主义作家对乡村真实现场的敏锐发现，其中《血脉之河的上游》这部散文集对梁邹平原精神的坚守和反思更加凸显。从这种意义上讲，这部散文集以齐鲁传统文化的根脉为切入点，以一种深沉的忧思反映鲁北乡民的真实人生，从而使这部作品闪耀着齐鲁文化民本思想的风范以及生存理想的光芒。

文化"两创"的乡村实践

——评柏祥伟报告文学《归来》

山东是中华文明的重要发祥地之一。2013年，习近平总书记视察山东，发出传承弘扬中华优秀传统文化的号召，阐明了推动中华优秀传统文化创造性转化、创新性发展的"两创"方针。乡村是优秀传统文化的发源地，"两创"文化的繁荣亦是助力乡村振兴的"新引擎"。山东作家柏祥伟发表在《人民文学》2023年第7期头题的报告文学《归来》以文化"两创"为主题背景，讲述了地处尼山脚下的尼山圣源书院的专家学者，以优秀传统文化从"象牙塔"走进民间，重建乡村文明和乡村秩序为理念，在毗邻书院的北东野村等村庄开展乡村儒学讲堂，改善村风民貌，助推乡村文明建设的故事。由此，乡村儒学讲堂模式迅速在山东省推广。当地政府制定扶持政策，号召社会全民参与。在实施乡村振兴战略过程中，历经讲学、互助和公益三部曲，探索出一条振兴乡村文明的新时代文化自信之路，体现出中华民族守正不守旧、尊古不复古的进取精神。

柏祥伟出生在孔孟之乡，儒家文化资源给他的创作提供了丰富的文化浸润和精神滋养。他是一名从民间成长起来的作家，创作出版了《羊的事》《无故发笑的年代》《水煮水》《火烧》《亲爱的小孩》《孔府民间档案》《仲子路》等作品。作品主题有的围绕日常生活，从描写当下现实生活入手，通过生活的表象触碰到生存和人性的最深处；有的围绕孔孟之乡的优秀传统文化展开，将优秀传统文化的思想观念、人文精神、道德文化融入文学作品中。在报告文学《归来》中，他写道："新农村建设不仅是经济问题，重建被破坏的乡村文化生态，重塑乡村人生价值和教化体系，更是建设新农村的当务之急。"作者开宗明义地提出了乡村儒学推广的目的和必要性。在城市现代化的过程中，日渐凋敝的乡村和逐渐衰老的老人一度成为被忽视的对象，随着社会经济的迅速发展，城乡发展差距不断加大，大量农村青壮年劳动力进城务工、求学，使得农村发展相对落后，农村留守老人不断增多，留守老人的负面情绪、孤独感、身体健康状况等问题越来越受到社会广泛关注。《归来》里的主人公赵法生在距离尼山夫子洞不到两公里的北东野村进行了调研，调研的结果让他触目惊心，与孔夫子出生地紧密相连的村庄，本该民风淳厚、讲究乡礼，然而这里的年轻人对老人非但不孝顺还存在虐待老人的现象。因为贫病，甚至还存在适龄儿童失学的现象。多年研究儒学的赵法生清楚地知道，"乡村是儒家文化的根，儒学才是乡村文化的魂"。乡村振兴不仅是经济问题，还需要重建被破坏的乡村文化生态，于是就有了依托尼山圣源书院在北东野村开展儒学教育的实验。他首先从普及孝道文化开始，从《论语》《弟子规》《增广贤文》《三字经》《家训》入手，用通俗易懂的语言把尊长孝亲的故事讲出来。经过一段时间的宣讲，讲礼仪、行孝道、知廉耻、懂规矩的村民越来越多，人心端正了，儒学教育推广也顺利了，很快这个普通的小山村就成了全国乡村儒学讲堂第一村。

曾经，我们都热衷于到城市中去，从村庄到城市，从城市走向世界，无论外面怎么样，出去总是好的，那个能让我们"此心安处是吾乡"的地方在哪里？"举头望明月，低头思故乡"，故乡的亲友、故乡的山河村庄是否依然是我们魂牵梦萦的所在？这种怀念家乡的意蕴情感其实是中华传统文化的一部分，寻根意识、恋家情怀、落叶归根、衣锦还乡等等都讲的是我们的"乡愁"文化，现实中我们都希望有一个"留得住乡愁"的文化故乡。有人说，乡愁是一种我们理想中的诗意生活方式，是在不断完善自我、修复人与自然和谐关系过程中获得诗意栖居的过程，实际上乡愁在很多时候也是对于过去已逝去的生活方式和文化方式的迷惘和惆怅。一段时间以来，乡村的自然景观和文化生活被丢弃，人们在生活方式和文化方式上产生了迷茫，当下，深切地追怀这种具有普遍意义的社会文化心理的"乡愁"则成为一种文化思潮。让人们拥有一个回得去的心安故乡，引导人们在中华优秀传统文化中重找已逝去的美好文化生活和自然文明，在现在看来显得尤为重要。乡村儒学用丰富多样的实践推动中华传统美德融入乡村生活、融入乡风礼俗，提升乡村的文化环境，构建让老百姓望得见山、看得见水、记得住乡愁的乡村是恰逢其时，而且非常有意义。

浇花浇根，交人交心。乡村儒学的推广并不是一蹴而就的，报告中提到，专家学者在皂角树下给席地而坐的老人讲"孝"的写法，"老"和"子"组成一个"孝"，老人需要儿子照顾，这才是"孝"，"孝"包含孝顺、孝敬两层含义，真正的"孝"应该有一颗恭敬的心。报告中还提到了在村里成立老人互帮小组，开展"除夕相约小城子陪伴老人过除夕"活动，组成旅行团带老人去北京旅游等等措施，儒学讲堂历经种种波折，经历重重困难，终于摸索出了一条成功的道路。目前，乡村儒学已在山东济宁、聊城、潍坊等地市不断涌现，引起社会各界广泛关注，北京、河南、湖北、江苏、黑龙江等省市也逐渐推广，光明日报社和山东省委宣传部还在泗水县联合举办了"山东乡村儒学现象"座谈会。如果说传统文化是一股清泉，以尼山圣源书院为泉眼，汩汩甘泉滋润着干涸已久的山乡，那么现在的儒学乡村已经呈现出守望相助、出入相友、疾病相扶持的温馨生活图景。

"儒者在朝则美政，在下位则美俗。"孔孟之乡的儒学讲堂已经从乡村进入城市，延伸到机关、企业、社区、家庭。乡村振兴，既要塑形，也要铸魂，而其中的关键就是坚持传承发展中华优秀传统文化。新时代的文明乡村利用传统文化留下来的文明规范和行为准则，让乡村文明成为一个时代的文化记忆，成为时代文明的基础和底色。而推动中华优秀传统文化创造性转化、创新性发展不仅仅是一种文化记忆，更是一种文化思潮，对传统文化的激活、重构、再现，加以现代文明的元素，这样的文化记忆才是诗意的、创意的和现代的。乡村儒学的推广，让文化记忆的传承增加了乡村民众的参与，进而提升了乡村文化的精神内涵，正是"此心安处是吾乡"。

历史叙事下的人生维度
——论张新颖的传记作品《沈从文的后半生：1948—1988》

　　沈从文是一位具有传奇色彩的作家，从湘西野蛮残酷的军旅走来，借由笔耕不辍的勤奋和执着，辗转半生却成了一位在文学、考古、服饰史学等多个领域均有开创建树的文人学者。作为研究沈从文的国内学者，张新颖认为人们对沈从文前半生的研究已经足够丰富，而对沈从文后半生的研究相对缺失，因此对沈从文这一阶段的人生历经进行研究具有较高的研究价值。在张新颖的传记作品《沈从文的后半生：1948—1988》中，沈从文的后半生是跟随着历史政治变局的走向经历了一系列的迷茫、痛苦与挣扎，而从沈从文个人记述的视角来看，沈从文本人在面临命运折磨时，在情感、生存和思考的不同维度上也有他的选择与态度,这也见证了一位文人学者的坚持与无奈。

一、张新颖与《沈从文的后半生:1948—1988》

传记作为一种纪实类的文学形式,属于非虚构类文学,在创作中主张具有真实和文学的双重特点,但在近现代传记文学发展中,传记创作不断被探讨和深化。20世纪30年代,郁达夫提出,传记文学"应当将他外面的起伏事实与内心的变革过程同时抒写出来,长处短处,公生活与私生活,一颦一笑,一死一生,择其要者,尽量来写,才可以见得真,说得像"。这一时期的文学创作者认识到传记文学要有对传记人物的人文关怀,提倡在记录真实人生事件的同时,关注人物的精神世界,赋予传记作品更多的文学性。此后,传记文学逐渐有向小说发展的倾向,美国传记作家里昂·埃德尔认为传记作者应该"在不编造事实的前提下充分运用自己的想象力",这就传达了在传记文学中,作者可以在符合基本事实的基础上,加入更多个性化的再创作,而这种再创作体现的则是传记作者对于传记主人公的认识和理解,并加入艺术化加工,极有可能偏离主人公原本的内在世界。张新颖在传记作品《沈从文的后半生:1948—1988》中却放弃了对沈从文的评说和解读,他表示自己写沈从文的后半生,不仅要写事实性的社会经历和遭遇,更要写在动荡年代里沈从文个人的内心生活。但丰富、复杂、长时期的个人精神活动,却不能由推测、想象、虚构而来,必须见诸沈从文自己的表述。因此在《沈从文的后半生:1948—1988》中,张新颖大量引用了沈从文在新中国成立后写的书信文章，因为在他看来，对读者来说，"比起作者代替传主表达"，"更愿意看到传主自己直接表达"。张新颖以直接引述的形式撰写了这部传记作品，没有对沈从文这位文学大师进行神化和拔高，而是回归到传主，从沈从文的文字中寻找他真实的人生和人性，让读者看到最接近现实生活的沈从文。沈从文的侄子黄永玉在后来聊起《沈从文的后半生：1948—1988》时表示，事情他大都知道，但是原先零零碎碎的东西被张新颖完整地写出来，就固定下来了。

　　张新颖研究沈从文多年，他不仅了解沈从文的作品与经历，更多的是与沈从文建立了一种精神和思想上的联结。2014年，接受新京报专访时，张新颖解释了他与沈从文的结缘，他回忆自己1992年读了《湘行书简》后，感受无以言表，于是决定要写一写沈从文。在《湘行书简》中，张新颖终于理解了沈从文关心的到底是什么。他看到了沈从文关心的是普通人日常生活中的喜怒哀乐，普通人在生活中的劳动、创作和智慧这些东西。可以说张新颖从沈从文给家人的一封封信件中读懂了他的精神世界，并且理解了沈从文后半生为什么钟情于研究织物服饰等历史文物，因为那是对普通人所创造的历史的深深的折服。沈从文的后半生是在中国社会的动荡和撕裂中度过的，他承受了历史赋予他的磨难，也在这磨难中寻找到支撑自我的力量，这足以让人触动和思考。张新颖曾表明了自己创作这部传记的初衷，他想呈现出来的，不仅仅是一个人半生的经历以及这个人在生活和精神上持久的磨难史，虽然这已经足以让人感慨万千了；他更希望能思考一个人和这个人所身处的时代、社会可能构成什么样的关系。因此，

《沈从文的后半生：1948—1988》可以看作是身为弱小个体的沈从文在强大的时代潮流下，最终从历史中站出来的一段经历，这段经历既是属于沈从文个体的人生，同时也是时代的产物。

二、沈从文后半生的生命历程与时代背景

张新颖的《沈从文的后半生：1948—1988》是从 1948 年开始按照时间顺序写作的。1948 年，中国的政治人局基本已定，社会百废待兴，一切都是新的开始，人们期待一个全新的、完美的国家。这个时候的沈从文与其他时期不同，他开始敏感于个人与时代之间密切而紧张的关系，他的精神状况开始出现问题，并试图结束自己的生命，幸好被张兆和的堂弟所救。在这之后，沈从文的精神反而变得松弛下来，开始自我分析、自我检讨，重新建立生的秩序，此后漫长的岁月中，沈从文在各种苦难与折磨面前都选择了承受与面对。1956 年，"百花齐放，百家争鸣"的方针鼓励老作家拿笔写作，沈从文作为有影响力的作家，在 8 月份被安排到青岛休养和写作。但在那段时期，沈从文基本上放下了文学创作，集中大部分精力进行中国古代工艺美术文化、服饰、丝织文物方面的研究，并将这份工作发展成为下半生热爱的事业。在周扬邀请他担任北京文联主席时，他谦称自己上不得台面，拒绝了邀请。1968 年后，他和妻子张兆和先后被下放湖北，此时的沈从文一直患有严重的高血压和心脏病。他住在屋内潮湿发霉的屋子里，仍坚持撰写文物专题文章，只为了把毕生所学的文物知识传承下去。1972 年，沈从文的回京请求得到了周总理批准，他获得了回京治病的

机会。回京之后，尽管居住环境简陋，他仍继续把全部生命放到工作上去，进行了"中国古代服饰"等课题的研究工作，其编撰的《中国古代服饰研究》于1981年由商务印书馆香港分馆出版。1979年之后，沈从文再次拿起笔，1980年在海内外报刊上发表了新写的8篇作品，同年，应傅汉思和张充和的邀请，他在美国进行了一次巡回演讲，受到了很多读者的热烈欢迎。20世纪80年代初，国内外开始掀起"沈从文热"，沈从文不仅接受国外采访，国内也在短时间内大量出版沈从文的旧作，但沈从文早已游离在热度之外。1986年，沈从文的住房问题得到了解决，但他的生命也已到了末期，他已经没有力气像以前那样研究和写作了。1988年5月，沈从文心脏病发作，安静离世，其墓碑背面题文为"不折不从，亦慈亦让；星斗其文，赤子其人"，这或许就是沈从文一生为人与治学最真实的写照。宏大的时代浪潮往往牵引着个人的命运，《沈从文的后半生：1948—1988》为我们呈现了历史构架下，一位智慧坚韧的学者多面的人生。

三、沈从文后半生的人生维度

1. 情感：内心挣扎与世俗冷暖

沈从文是一个敏感的文人，也是一个天真的文人，他幻想能够"以艺术和文化来洗刷灵魂、重造社会"，但他的理想主义在那段历史时期注定破灭，因此他在与友人的通信中，说出了搁笔的想法。

在沈从文的后半生中让他个人体悟最深的应当是人情冷暖的变化。沈从文感到痛苦迷茫，向一些老朋友求助时，他们不仅态度冷漠，甚至对沈从文进行批判。可想而知，老朋友的这些行为让沈从文极度受伤和激愤。特殊的历史背景下，人情难免冷漠，但这也势必会给当事人带来情感上的巨大伤害。

2.生存：病痛奔波中的生之艰难

沈从文后半生的生活更应该称为生存，他不停地搬家。1953年，历史博物馆给他分了东堂子胡同51号作为宿舍，有3间房子，沈从文很满意。再后来，3间房子让出2间，给工人住，屋内的书籍和杂物都堆放在院子里，后来被卖了废品。沈从文就是在这一间逼仄狭窄的小屋子里生活了很多年，直到1986年他才分到了大房子，然而这时距离沈从文去世只有2年了。在下放期间，沈从文的居住环境更为恶劣，搬到双溪时，他住在山坡上的一所小学里，屋顶漏雨，房中潮湿，没有电灯，也买不到油灯，只能每天"闷坐痴睡"，由于潮湿，屋子发霉，如同"霉窖"。到了夏天，太阳一晒，屋子里又像蒸笼一样闷热，屋内温度甚至达到40多度。暴雨来的时候，屋子里积水，需要用盆往外倒，有时屋子没干，又来大雨，屋子里面就如同发了河水，抢救也无济于事，要搬上六七十块砖铺地才能走路。而在这种艰苦的环境下生活着的是一位身体孱弱的将近70岁的老人。

沈从文一直患有高血压和心脏病，这些病常常使他头昏、心跳加剧、失眠，他曾描述，"我总是心脏不受用，晚上醒来，胸部痛苦"。回北京后，沈从文的病痛并没有减轻，但他依然醉心于古代文物的研究工作。在被下放湖北咸宁时，他的心脏病已经严重到随时可能出问题的程度，因此被安排看守菜园。1970年，沈从文又被迁往双溪。由于病重不能做事，他在到处漏雨的房间里仍想要把近20年的所学整理下来留给后人。同年冬天，沈从文腹痛剧烈，被诊断为结肠炎，后又被诊断为肾结石、高血压、心脏病并发症，出院后他已经很难生活自理，但他仍然坚持在这种艰苦的环境中承受着难以忍受的病痛。沈从文的后半生承受着难以想象的痛苦和艰难，然而无论生活境遇有多么不堪，他始终靠着对中国古代文物研究工作的热情克服了一切。张新颖评价说沈从文的"'忘我'激活了生命内在的能量，他在自觉的意义上体会到了生命深层的愉悦"。

3.思考：生死得失的自然哲学

沈从文一路走来，见过了人生的各种变数，也见到了人性的迷茫和摇摆，亲人的离世，朋友的背叛，有人登上神坛，又有人从神坛跌落。正因如此，沈从文看淡了生死际遇，如他所说："万千人在历史中而动，或一时功名赫赫，或身边财富万千，存在的即俨然千载永保……但是一通过时间，什么也不留下，过去了。"个人生命放到久远的历史进程中，或许能够让人更加看清人生的真相吧。沈从文在1988年写给凌宇的信中阐述了他的人生哲学，"大块载我以形，劳我以生，佚我以老，息我以死"，他想要的也许是顺应自然，接受生命赋予的一切，忘掉生命中所有的痛苦，不再追逐虚无的名利。他一再强调自己"所得已多"，所指的可能是拥有足够多的人生体验，抑或是在从事研究古文物工作时收获了足够多的成就感和满足感。经历了世事沧桑的沈从文是淡然的、从容的，不纠结于过去的。在美国演讲期间，他大谈自己醉心的文物研究。他表示自己能很快乐地谈事情，就证明自己"做了一个健康的选择"。1988年，沈从文的名字进入诺贝尔文学奖的终审名单,人们说如果他不去世就会是当年奖项的得主,但是对于看淡一切的沈从文来说也许并没那么重要了。张新颖在传记的附录中追问:"在一个变化非常大的时期,一个人除了是一个受害者,还有没有可能通过自己的努力,去超越受害者这样一个被动的身份,自己来完成另一个身份?"很显然,他认为沈从文就是那个超越自己受害者身份的人。

四、结论

张新颖说《沈从文的后半生:1948—1988》虽然讲的是一个个人与时代关系的故事,但它所表达的不是这一代人的普遍遭遇,不是一个典型或者模式,因为沈从文是不同的,"他是一个不能被放在一个共同的模式里叙述的人",沈从文的自我和时代形成的这个关系,偏离在社会大潮之外。沈从文的后半生在早期是痛苦的、迷茫的,但是幸运的是他找到了人生要为之奋斗的事业梦想,他与宏观历史建立了一种新的关系模式,他有他独特的人生维度,他的情感、他的生存状态让他能够深入地思考,找到自我拯救的途径。沈从文超越了遭遇到的屈辱和折磨,在生命中聚集了更多热爱的能量,这使他在衰老的年纪里依然拥有顽强的生命力。

浪漫主义的重构

——论张炜《河湾》的生态美学书写

张炜是中国当代影响力较大且创作力旺盛的重要作家之一，也是一位专注于精神性写作的纯文学创作者，在他的作品中自我、自然与历史等主题交迭呈现，传达出一种对自然生态与人类文明的双向结合式思考。他的很多小说倾向于关注人与自然的关系，赋予作品崇尚自然、追求人与自然和谐统一的生态理念。他认为人应该始终保持对物质主义的警醒，警醒的方式之一就是"走进诗意的人生"，保持"诗意"是一种精神层面的生活格调，也是张炜所身体力行的浪漫哲学。自然书写是一种外在呈现，而隐藏在作品深处的则是与世俗生活相悖的浪漫主义，对此，张炜承认，他的作品有大海那种虚无缥缈的感觉，有许多幻想与浪漫的色彩。

《河湾》是张炜近期的作品，延续了他一直以来的创作风格，展现了自然主义与现实社会的包容与碰撞，该小说呈现了一个蒙着历史烟云的爱情故事，其中隐藏着主人公浪漫且虚无的渴望。作者预先设置了一种基于现实主义的浪漫，而后又在故事的发展中将这种浪漫通过对自然生态美学的书写进行解构，旧有的基于物欲和世俗的浪漫在主人公对于河湾和"异人"的追寻中逐渐失去原有的魅力，而原生态的河湾之美最终让主人公做出了选择，重新建构了自然的浪漫主义世界观。

一、现代浪漫生活的质疑与式微

张炜出生于鲁东大地，这片土地的田园风光、山川草木浸润了他的创作。他的作品里呈现出的浪漫都带有自然生态的清新味道，其小说《河湾》最初追求的浪漫是城市化的、现代化的，是充满钢筋水泥的建筑和西式花束烛光的表演。主人公傅亦衔有一个叫作洛珈的隐秘爱人，洛珈设计了一种隐婚的相处模式，用来规避爱情难以逃脱的厌倦定律，双方可以保持一种隐而不显的两性关系。两个人拥有共同居所，但平时两个人都住在各自的宿舍里，在约会的时候，傅亦衔必须手持一枝鲜花走向两人的爱巢。这种婚姻方式是独特的、创新的，以至于男主人公认为洛珈是一个"发明家"，因为她"发明了一种生活"，甚至把她归为"异人"——与普通人不同的高人。洛珈不愿庸俗地模仿别人，于是她用分开，并且彼此独立的方法保持爱情的新鲜。对于主人公傅亦衔来说，他虽不认同这种特别的婚姻关系,但却觉得这是浪漫的,而且醉心于配合洛珈表演这种形式主义的浪漫,他会在每次踏上长廊时"手持一枝鲜花",因为洛珈的美使他愿意"谦虚和服从",进而做她心中永远的"持花少年",或是想象自己是一个有着"梳理井然的丝丝白发"的老者,"带着丰富的知识和过人的见识",去拜访"一个不谙世事的少女"。于是浪漫就成了"鲜花和蜡烛""低低的音乐"以及"洁白的桌布"。洛珈对于婚姻模式的设计是为了摆脱厌倦,然而无论如何抵抗,厌倦都是不可避免的,在浪漫的婚姻形式下,隐藏的却是对浪漫本身的厌倦,"对抗厌倦的方法"本身也会产生厌倦。傅亦衔极度渴望拥有一个家,一个女主人,而洛珈所制定的隐婚规则是与之相背离的,这加重了他的痛苦,在这样的关系中傅亦衔非常清楚自己的付出,他熬过一个个孤单的长夜,并且认为这样的夜晚令人愤懑。尽管傅亦衔竭尽全力在遵守着这不可更易的"人生之约",但对规则的质疑已经暗暗滋生。他开始计算得失,思考自己在这隐秘的婚姻关系中到底是"受益者"还是"受害者"。他被好友余之锷讲的一个关于男人追随女人至死的故事所刺激,他认为那个男人就像自己,可怜又倒霉。傅亦衔意识到他和洛珈是不平等的,尽管他曾以法国萨特和波伏娃的关系相类比,但他知道她是"女王",是"领航者",她主宰着未来。当内心的天平开始失衡之后,浪漫主义的婚姻形式开始失去最初的滤镜和魅力,傅亦衔不断地回忆他和洛珈相遇的那个干草垛,秋野的芬芳、月光和蛐蛐的叫声都让干草垛由一处小小的景物扩展成傅亦衔心目中的广袤自然,并且这自然中还曾经诞生过他最珍视的爱情。这里可以明显看出作者张炜对于与自然交融的浪漫主义的推崇与偏爱。《河湾》中的"干草垛"成了一个意象，代表着过去，代表着与工业文明相对立的自然生态，代表着更为纯粹的精神上的浪漫爱情。故事的走向在不断地加深傅亦衔心中的浪漫主义与现实的沟壑，洛珈从自然的草垛走来，但最终被异化，成了冷酷的利益追逐者。洛珈从事业单位转向了金融行业，事业越做越大，和傅亦衔约会的时间越来越少。而傅亦衔本人却越来越向往自然生态世界的美好，他不断地造访余之锷经营的河湾，河湾的原生态生活让他流连忘返，直至发现洛珈成为资本帮凶，制造了狸金的网络暴力事件，傅亦衔自此义无反顾地放弃了现代城市生活，投入到河湾的怀抱。傅亦衔的选择充分反映了作者对现代物质社会情感的不信任，洛珈所代表的现代浪漫主义的生活则在傅亦衔的觉醒后开始消解。

目前，现代科技正以一种超出人类认知的速度迅速发展，膨胀的科技能量带来了人们精神上的无力和迷茫，傅亦衔对工业文明始终是排斥的，他表现出对网络以及智能手机的反感，书中所有人都在使用智能手机，包括女上司、洛珈、圆圆、苏步慧……甚至主人公自己，人们沉浸在高科技带来的便捷愉悦当中，但是没有了隐私，独立空间被侵袭。网络的便捷发达，使信息通过手机屏幕传递，主人公称智能手机为"魔器"，并认为"谁想把自己的日子搞乱，只一部智能手机就够了"，甚至认为比起世界核危机、能源问题和环境污染，网络病态传播的后果更为严重，因为它与人的生活特别是精神生活密切相关。手机和网络是现代文明的产物，它们使人类的生活实现了前所未有的便捷，但也让人类陷入灵魂迷失的生存困境。"相当大的一部分人忙得脚不沾地,几乎没有时间休闲、爱和读书,甚至没有时间胡思乱想,更不可能将诸多想法付诸实践。"梭罗在《瓦尔登湖》中说:"为什么你们看起来走得很快,实际上却慢得要死。"我们今天的生活看起来是越来越快了。从梭罗那个年代冒着黑烟的火车,发展到今天的高铁,确实是变得越来越快了,但是我们人类的精神成长也越来越快了吗?在梭罗看来:"我们在喂养我们的身体时,也必须喂养我们的精神,身体和精神应当同时端坐在同一张餐桌上。"傅亦衔在河湾定居和梭罗居住瓦尔登湖有些类似。傅亦衔以为手机能够让他离爱情更近些,但实际上他离洛珈越来越远。工业文明下的爱情变得越来越像公式符号一样冷漠疏离,内心充盈的爱意被分解为固定模式的方程式,实际上已经不具备原本纯粹真实的浪漫情愫。

二、自然主义情结书写

张炜热爱自然,热爱书写大地上的一切生灵之物,表现在他的作品中就是"野地""田园""大海""高原"等意象经常出现。他也一直以大地之子的身份来看待人与自然的关系。他的小说文字朴实纯真、清新自然,呈现中国传统乡村恬静安然、和谐共生的自然生态画卷之美,再加之受到传统文化的影响,童年的成长经历形成了他创作内核中的自然主义情结,他不断地书写大自然的静谧和谐,追求诗意的人生理想。在小说《河湾》中作者通过主人公傅亦衔不断地与自然建立连接来弥补现代社会给他带来的精神失落。作为一个政府机关工作的人员,傅亦衔行走在现代社会复杂的人际网络中，然而在他的精神世界深处始终在寻找着"异人"，"异人"就是世外高人，他们居于山间僻地，远离尘世喧嚣，怡然独乐。现代文明抹去了人与人之间的差异，灵魂和欲望渐趋同质化，傅亦衔意识到"异人"可能再也找不到了，于是，他安心地生活在城市之中，与他隐秘的爱人洛珈约会，他听从爱人的建议，努力忘掉人类自身的"动物属性"，走出丛林，在现代社会尽力做成一些事情，但是他还是认为自己"走错了路"，不该到"尔虞我诈"的地方来，于是他在爱情与工作之外不断地寻找自然之美。

张炜少时生活在山东半岛的入海口岸，那里有大海，有海滩，有茂密的果树林，有绿浪翻涌的芦苇丛，这里培养了他对大自然细腻的感知力，因此在他笔下的自然景物，视觉的美，嗅觉的美，以及灵魂所感受到的美都能全然体现。《河湾》中傅亦衔最初对自然的追寻主要来自那些遥远的回忆和想象，他的成长中有自然景物，他的爱情起始于自然场景，他向往自然山水。于是在工作沉闷、爱情飘忽疏离的情况下，他在自我想象的世界中不断地建构自然赋予的诗意世界，在这个世界他能看到山水之间身穿宽袍大袖、高挽发髻的"异人"在溪边抚琴，"异人"的栖息地在田园牧歌处，是精神的圣地，有着古意诗词的浪漫情怀。潜意识中傅亦衔把自己想象成一个"异人"，通过"访高图"带入自我，来逃避现实生活的种种无奈。自由需要争取，它不会放在那儿让人享用。"异人"不过是比一般人多了一点自由，专注于自己的事情和趣味罢了。干草垛是在作品中出现次数最多的回忆意象，干草垛出现的场景在某个秋天，干草颜色已经由翠绿变成浅绿或淡灰，有秋天特有的香气，有月亮和蛐蛐的叫声，在干草垛旁边傅亦衔遇到了美丽得让人"窒息"的洛珈，并爱上了她，也正因为爱情，干草垛的月夜被赋予了一种朦胧的浪漫色彩，仿佛每一次回忆都能让他重新闻到干草垛清新的香气，重新感受遇到洛珈时的心跳。再有就是来自傅亦衔的童年回忆，荒野中的茅屋，茅屋后面的小果林，还有长满香蒲的水渠，这里荒无人烟，但是有海潮和林涛的喧响，有野生动物的呼叫，形成悠长而深远的自然记忆。在张炜的很多作品中，山林中的动物、植物都成了读者关注的焦点，如在《爱的川流不息》和《我的原野盛宴》中，融融、小花虎、小獾胡、老呆宝如一个个鲜活的生灵出现在读者眼前。有人统计，张炜在《我的原野盛宴》中描绘了360多种动植物，这部小说堪称一部半岛动植物志。这些带有大自然气息的地理风物，尽管充满了历史造就的时代贫瘠感，但依然安闲宁静，主人公的母亲和外祖母用水渠中的香蒲根和蒲芯做成食物，安然度过了饥饿的岁月。在《爱的川流不息》中，外祖母用她的勤劳为全家人及家养的小动物获取吃食的同时，也用坚韧不屈的生存智慧守护着一家人的平安。外祖母能在生活极其拮据的年月，变出丰盛的食物，这源自勤劳的双手和丰富的生活经验。外祖母擅长酿酒，做鱼汤，做果酱，做槐花饼、南瓜饼和地瓜饼，还有黄蛤面条，外祖母是找蘑菇的好手，做鱼汤、酿酒的高手，更是种种子的高手。外祖母是找柳黄的好手，她只要背着手到老柳树林里转悠一会儿，回家时就能变戏法一样从袖口里抖出一个小孩胳膊那么粗的柳黄。但凡是播种和收获的工作，外祖母无一不精通。因为她懂得从山林中获取生机，"顺应自然，适者生存"是她的生活理念。在《河湾》中，对主人公傅亦衔的流浪时期也有很多关于大自然的描写，当"我"开始流浪，林中的鸟兽开始"惊起""蹿跳"为"我"送行，仿佛主人公的启程开启了林子躁动的开关。路途中有山中的雾、鸟儿的啼叫、河心细细的水流、热乎乎的风……种种自然景物融合傅亦衔流浪时的凄苦心境，有一种别样的苦涩浪漫。作者张炜不断地让傅亦衔追忆和感受置身于乡野深处的时光，正如作者童年的饥饿与大自然的宁静美好交织在一起，他需要在自然中建立安全感。在作者眼中自然生态不只是清新的空气、如画的风景，更是一种回归母体的安然，他从自然中找到了自我的来处，并继续寻找灵魂的归处。这种顺势而为、天人合一、道法自然的生存哲学，和张炜一直秉承的尊重和敬畏自然、人类和其他一切生命形式的理念是一脉相通的。

三、生态美学浪漫主义的重塑

中国是生态文化的丰饶地，很多中国早期的文学作品都是典型的生态文学文本，体现了人与自然和谐相处之美。有学者认为我国最早的一部诗歌总集《诗经》，以及第一部浪漫主义诗歌总辑《楚辞》，都带给人"花团锦簇"的阅读美感，这些优美的诗和辞，描写了自然界的花草树木。古今中外的文学家们从自然万物身上提取文学灵感，如李白的月下独酌、苏东坡的大江东去、陶渊明的篱下采菊，以及国外文学大师雨果笔下的莱茵河、托尔斯泰笔下的高加索山脉、契诃夫笔下的大草原等，都脍炙人口、激动人心、百年传颂、历久弥新。这反映了朴素的天人合一哲学思想。生态美学是中国学者立足我国实际情况提出的富有中国特色的美学观念，重点关注的是人与自然的关系。生态美学突破了主客二元对立论的思维模式，是以人与自然整体和谐关系为原则的哲学思想和价值观念，它应该是高于生态实践的精神理念，在哲学层面上它是一种世界观，在文学艺术层面上它是艺术哲学。归根结底，生态美学研究的仍然是人的生存问题，在这一点上，生态美学更接近哲学美学，涉及人与社会、人与宇宙以及人与自身等多重审美关系，但由于文学艺术是颇为广阔的审美对象，是产生美感和进行美育的精神领域，是具有丰富人文内涵的世界，美学必然要予以关注，并以生态的世界观和价值观为原则，以生态的观念、思想为指导去看待和研究文学艺术。面对当下的社会环境，生态美学的提出也有十分重要的现实意义，在改变人们生活方式、促进生态文学发展、呼唤生态环保理念的同时，也促使我们对日益便捷的、快速化的现代生活时刻保持清醒认知，在保护自然生态家园的同时，还要呵护精神上的生态家园。

小说《河湾》通过对科技文明下浪漫的祛魅，建构新的自然生态价值体系。对大自然的回忆与想象唤醒了主人公傅亦衔追求浪漫主义人生理想的热情，于是他一次次来到余之锷和苏步慧承包的河湾。作者在这部分有大段大段河湾自然风光的描写，自然是美的，充满着生机勃勃的生命之美，又能让小说主人公逃脱现代生活的喧嚣，实现一种人与自然和谐共生的状态。在河湾游泳时，傅亦衔用"水花溅很大"的方式"通知了对岸的水族"，同时也表达了"无比的愉快"的情感。旁边鱼游蛙跳，甚至"有个一米多长的影子静静地从两腿间滑过"也不以为意，作者把人与自然统一为一个有机的生态整体，生命与生命之间形成全新的联系。作者对河湾的生态审美是对人生终极理想追求的礼赞，他曾提出过"融入野地"的人生理想，河湾不过是他所塑造的自然生态化的栖息之所。作者所推崇的"野地"是具有诗意特征的，自然景观与人本身的情怀建立起一种美学意义上的互动。自然之美为主人公傅亦衔塑造了充满清新气息的浪漫主义的心境，远超于自然本身。

傅亦衔不仅在河湾邂逅了一种世外桃源般的生活方式，还邂逅了他一直求之不得的"异人"何典，并与之建立起深厚的友谊。在与"异人"的对话中，傅亦衔不断地接近内在真实的自我，但在卑微的爱情中，他始终无法逃脱洛珈的掌控，直到有一天河湾来了一位歌手，弹吉他的歌手自带浪漫的标签，而苏步慧的软肋就是"受不了浪漫"，在歌手轻浮虚假的浪漫中，苏步慧逐渐走向了死亡。苏步慧的悲剧是一出现代式浪漫主义的悲剧，这种浪漫把苏步慧引入万劫不复之地。而何典告诉傅亦衔河湾"不需要浪漫主义"，因为"山河本身比我们浪漫，它其实是自带光芒的"，傅亦衔终于领悟山水自然才是人类灵魂的皈依之所，生态之美是一切浪漫的本源，孕育了诗意化的情怀。傅亦衔最终放弃了在城市的仕途，接手了河湾，至此他完成了自我人生价值的重构，他从荒野中流浪而来，最终在河湾的野地中寻找到了生命的意义。

四、结语

张炜在追求人与自然、人与社会的和谐共生之后，更执着追求的是人的内在精神的和谐。有人说,《河湾》是张炜道德理想主义创作的一种新的延续,作品书写了一种大生态观,其中既包括物质的生态,也包括精神的生态,体现了人对于自然、对于社会、对于自我人格塑造的思考。也有评论家认为,《河湾》延续了张炜一直坚守的知识分子的主体意识和审美立场,引导人们追求精神家园。实际上,张炜在他之前的小说中塑造了很多回归田园、追求精神家园的人物。比如《刺猬歌》中的廖麦,放弃城市的工作回到庄园,过上了田园牧歌的生活。《河湾》在"抖音""小红书"等新兴媒体火出圈的金句"人这一辈子就像一条河,到时候就得拐弯",其实道出了面对困境的解决之道,如同我们面对生存的困境、精神的内耗以及外部环境的威胁时,被动转弯的同时,其实也一直在主动选择。《河湾》延续了张炜一贯的自然主义写作风格,也延续了中华传统文化的创作传统。小说主人公傅亦衔误入城市钢铁丛林的浪漫陷阱之后顿悟,并重新构筑对生态美学的浪漫主义追求的故事,表达了作者根植于灵魂深处的对自然家园的眷恋和追求,同时也是作者对于生态文明的文学诗性建设的深度思考,这里的生态美学是基于关注人类生存状态和自然环境的美学与哲学的探讨,既有物质层面的美学研究,还包含人类的精神层面与自然层面的和谐共存。

房子、瓶子、栖息地
——评陈仓新作《浮生》

大观园里贾宝玉有挣脱不了封建家族制度束缚的痛苦，张爱玲笔下的人物有面对新旧社会交替所带来的迷茫和痛苦。而在现代社会，当一座座高楼像魔法一样填满城市的空间，绚丽的霓虹光怪陆离地装点着世界黑暗的角落，购物中心、商超里面摆满了丰富多样、永不匮乏的商品时，这世界看起来如此繁华，如此富庶，但在城市的角落里却隐藏着无数无处驻足的漂泊者。漂泊者，顾名思义，就是居无定所、到处奔波流浪的人，在古代往往指的是那些流离失所、无法在故乡生存下去的人，而今天的城市漂泊者更多的却是指那些怀揣着对城市、对美好生活充满向往的年轻人，他们曾经寒窗苦读，也曾意气风发，以为能够通过自我的奋斗在城市中谋得生存的位置，并从此生根发芽，但房价水涨船高，无数人的美好梦想无法实现，于是这些无力购买住所的追梦者被迫成了寄居在城市里的漂泊者。《浮生》正是一部关注现代城市漂泊者的作品，作者落笔在小人物的视角上，从他们的生活中寻找现代人对家园的渴望与追求。家园是躯体的容身之所，也是精神的栖息之地，作者陈仓正是通过家园问题对现代人进行了深度的刻画解读，去探究城市漂泊者的灵魂救赎。

一、房子、家园与精神归宿

有些人的人生早已被设置好了框架，《浮生》的主人公陈小元出生在陕西农村，他的人生就是好好读书考上大学，然后像千万个农村学子那样走出乡村，在城市安家生根，实现人生理想，整个计划中的人生路径就像流水线一样按部就班。陈小元和女朋友胥小曼最初租住在一室一厅的房子里，而且还是和报社的两个前同事一起合租。简陋拥挤的居住环境让这对年轻的情侣几乎失去了谈恋爱的私人空间，他们只能开着一辆"丁里马"小汽车在城市里寻找幽静之处享受二人时光。某一天，他们在城市的郊区约会时发现了一处正在开发的房产，于是产生了要买一套属于自己的房子的念头。

《浮生》中所塑造的人物是普通的，也是典型的，他们是千万众生的缩影，在上海这座繁华的都市，他们渺小得如同蝼蚁，没有房子的虚无感更加重了他们的自我迷失，"总有一种无力感，飞吧又飞不上去，落吧又落不下来，只能随着风在空中飘啊飘啊"。书中写道："胥小曼此时此刻面对的这个大都市，虽然有两三千万人口，却没有谁在为她一个人着想，那么多的华灯没有一盏专门为她而亮，那么多的光芒没有一束来自她的身上，那么多的窗户没有一扇朝着她打开，那么多的花草树木没有一棵受她支配，那么多的高楼大厦没有一间房子让她安家。她走在拥挤不堪的彼此毫不相干的马路上，处于一群陌生而动荡的人流中间，像海水中间的一滴，像尘埃中间的一分子，似乎并不低人一等，没有什么太大差距，甚至回头率还挺高的，但是一旦回到自己的圈子，出现在固定的两点——单位和出租屋，她一下子就被区分得清清楚楚了。"作者通过细腻的笔触让人看到房子对于漂泊异乡的人们来说，不仅仅是一个容身之所，不只是物质上的满足，更是心理上对家园的渴求，有了房子才能有家，才能真正被这座城市接纳，才能不再"在空中飘啊飘"，他们才能属于这里。为了结婚、安家，陈小元和胥小曼最后还是买了米罗公元小区的房子，尽管他们所有的积蓄，包括放下面子借来的钱都被掏空了，甚至"每天每月每年，都会源源不断地孳生出债务和利息，像永远喂不饱的野兽一样，张着一张血盆大口，不停地吸着他的血，吃着他的肉，消耗着他的时光……"但是相比以往"迷茫的""没有方向感"和"漂浮在半空中"的生活，陈小元和胥小曼的人生开始有了目标，目标就是那套房子，他们每天都会向房子的方向眺望，因为那套房子承载着他们的梦想和对未来的期许。当他们终于走进那套梦寐以求的房子后，陈小元想到天花板、灯、床等所有房间里的陈设全部属于自己，"他身体里就会涌动出巨大的归宿感"，这种归宿感对于城市漂泊者来说无疑具有巨大的力量，给陈小元带来身体和精神面貌的焕然一新。小说《浮生》后面深化了陈小元对精神归宿的渴望，他由房子又联想到坟墓，他不仅想要自己和妻子在上海能有一处供他们安心生活的家园，更想要他们的后代能够在这里绵延下去，陈小元想要死后安葬在上海，他认为"这算是给孩子在上海埋下了一个根"，因为"没有亲人埋在这片土地，这片土地还不算孩子的故乡，终究还是漂泊着的"，可见尽管陈小元已经有了房子，但他内心深处仍存留着对漂泊的恐惧。于是，他想要让孩子"有房子安顿肉体"，有"亲人的坟墓来安顿灵魂"，这样才算是"圆满"，而这就是城市漂泊者的终极精神归宿——以房子作为开始，以坟墓作为结局。

事实上，陈小元和胥小曼只是"魔都"上海无数漂泊者之中极为普通的两个人，除了这两位主人公，小说中还塑造了一系列城市漂泊者的形象，陈小元的合租室友小叶、楼上邻居老牛、楼下邻居小马、前同事英子等，小叶和陈小元一样也是一名记者，因为疾恶如仇的性格，看不惯前报社领导的卑劣行径，所以把工作换到了《东海晚报》社，在帮助陈小元为房子问题维权的时候，发现了自己身为记者的无能为力，最后愤而辞职，回了安徽老家。小叶最终没能在这座城市留下，他租房时住在客厅里的上下铺架子床上，他离去时也没有一套属于自己的房子，也许家乡才能成为他的精神归宿。楼上的邻居老牛是哈尔滨人，为了儿子的爱情倾尽所有在米罗公元小区买了一套房子，一场台风过后，房子漏水，最终上海丈母娘还是否决了这桩婚事。楼下的小马是甘肃天水人，是一名公务员，妻子刚刚生了小孩，他也认为买了米罗公元小区的房子就能结束在上海的漂泊，成为真正的上海人。英子结束了漂泊,回到了哈尔滨、柳红回了西安……这些城市漂泊者中有些人咬着牙留下来了,有些人最终选择了离开。在小说《浮生》中,作者通过对不同城市漂泊者的境遇归宿描写让人们看到了在现代城市社会寻找家园的经济与精神上的双重困境。作者陈仓在后记中说:"我们生活在一个大移民时代,房子是影响一代人命运的大事。房子背后承载着一个人的社会资源和人生底气,直接关系着当代人的生活幸福指数。"这也是作者陈仓想要在小说《浮生》中传达的观念。

二、房子与家园的意象化表达

《浮生》的整个故事是围绕房子展开的,房子是主人公精神家园的载体,然而作者在作品中并不将故事拘泥于房子本身,而是多次运用意象表现人与房子、与精神家园的关系。小说的开端以一个酒瓶为引子,引出故事的发生发展,纵观整部作品,酒瓶像一条线贯穿其中,连接起了整个故事。酒瓶是一个披头散发、有些疯癫的乞丐送给陈小元的,上面还刻着一首奥地利诗人里尔克的《秋日》:"让枝头最后的果实饱满/再给两天南方的好天气/催它们成熟/把最后的甘甜压进浓酒/谁此时没有房子/就不必建了/谁此时孤独/就永远孤独。"无论是瓶子本身还是镌刻在瓶子上的诗歌都在这篇小说中充满了隐喻色彩,在作者看来,每个人都是一滴水,水只有装在瓶子里才能风平浪静。老乞丐莫名其妙地送给陈小元一个瓶子,像一个带有魔幻色彩的预言,预示了陈小元即将获得房子,事实也是如此,在获得这个酒瓶不久之后,陈小元和胥小曼就买下了米罗公元小区的一套房子。陈小元一直保存着这个酒瓶，他认为瓶子是"城市送给他的礼物"，在这里瓶子本身演化为房子的意象，以具象化的意义代表着本体而存在，在某种程度上寄托着主人公的精神内核。小说在很多关键性情节中都提到过酒瓶，如陈小元搬家、工作面临困境、还钱的时候，以及陈小元决定以死亡的方式来解决还不完的贷款问题时，这个瓶子始终没有离开它的主人陈小元，就像米罗公元小区的那套房子并没有在他逾期还款后被收走。送酒瓶的乞丐也许并不是一个真的疯子，反而是一位世外的智者，他预言了陈小元的生活，甚至以一种难以解释的方式引领着陈小元和胥小曼找到自己的家园和归宿。瓶子和房子本质上并无关联，但它们同样具有容纳的功能，瓶子容纳水，让水不再动荡奔流，房子容纳人，让人不再漂泊无依，作者以瓶子为意象，以更为直观的方式加深了读者对漂泊者渴望家园归宿的理解。

《浮生》的意象运用主要在小说的第二部分，在这一部分，小说脱离了房子实体本身，去讲漂泊者与城市的关系，漂泊者在城市里所要寻找的和城市所能给予的存在着很大差距，这种差距对于大部分在城市里寻找家园的人们来说是残忍的。陈小元和胥小曼在住上新房之后的某一天一起讨论小区里的花园，陈小元告诉胥小曼这里不是花园，而是坟墓。在巨大的房贷压力之下，无力承受的陈小元说出了"当时这里只是一块荒地，自从开发以后就真的变成了坟地，不仅仅埋藏了我们的青春年华，还将继续埋藏我们的苍老和余生"这样苍凉的话语。房子是漂泊者渴望的家园，但这片家园并不是无条件地迎接他们，而是让他们付出了无数汗水与泪水，让他们背负起了更多的痛苦与迷惘。工地上曾经有过一个大水坑,水坑里曾经蛙声一片,当一座座高楼拔地而起,水坑也被掩埋修成了花园,陈小元说花园就是青蛙的坟墓,而花园里开放的秋菊花是长出来的呐喊和冤魂。花园是青蛙们的坟墓,但也曾是青蛙们快乐的家园,在更久之前,水坑只是几场雨过后形成的水坑,是青蛙寻水而来,以为找到了水草丰足的家园,殊不知水坑不是池塘也不是湖泊,水坑会被填平,水坑里面的所有生命都将被埋葬,于是青蛙们成了无辜的殉葬者。作者陈仓以青蛙和水坑为意象去投射到漂泊者和房子上,借主人公陈小元之口将青蛙与坟墓的意象进行了解读:"我们和青蛙一样,都是从乡下一步一步地跳到了上海,原以为这是一个大池塘,是一个美丽的湖泊,是一个极乐世界,是可以安置一家老小的,回头一看才发现这竟是埋藏我们的地方。我们被一天一天地、一点一点地埋了进去,每个花园每栋房子每片天空都成了埋藏我们这些人的坟墓。"城市漂泊者的梦想是美好的,他们像青蛙一样奋力跳到这片丰饶之地,以为找到了美好的生活和绚丽的未来,但房价就像挖掘机铲下的土,从天而降又无法躲藏,终将那些美好的期许化为了重压在每个人心头的一座山,经年累月地将他们的年华和面容磨砺得破旧不堪。

  鱼是由房子引发的另一个意象运用。胥小曼喜欢做鱼,而在陈小元看来,生活就是一条鱼,在鱼活着的时候,有生命有活力,有美好的愿望,未来有无限可能性,而当鱼被做成一道菜,它就失去了生命,失去了自由,只能以一道菜的形式存在或者腐烂。生活也是一样,当它被固定成为一种模式无法逃离之后,也就失去了生命的自由,失去了原本的生机盎然。城市漂泊者大多为普通打工者，他们或许有一份比较体面的工作，工资听起来也让人羡慕，可是比起从一平米七八千一路涨到一平米十多万的房价来说实在是微不足道了。很多人为了买一套房子倾尽家财却只能交个首付，之后就是漫长的还房贷岁月。《浮生》主人公陈小元和胥小曼每个月发到手的工资加起来还不够还房贷，而且还要生活，这种来自经济上的压力可想而知，所带来的结果就是偿还房贷的压力改变了他们原有的轻松愉悦的生活，他们每天的所思所想全部是如何还清每月的房贷。于是，生活没有了，漂泊者似乎找到了归宿，却得不到灵魂救赎。

购房问题在城市中是很现实的问题，但也正因如此容易把小说带入一种干涩的说教式写作中。《浮生》的作者多次以意象来展现与小说"漂泊者"主题相关的思想内容，甚至瓶子这个意象贯穿了整部小说，成为连接故事的线索，完成了对整部作品结构的统摄。瓶子、青蛙、坟墓、鱼等意象在作品中是一个个符号，也是一种种隐喻，从更深层面揭示了漂泊者在城市中寻找精神家园过程的迷茫与彷徨、痛苦与挣扎，同时增强了作品的艺术感染力，引发读者对于城市漂泊者经历与情感的共鸣与思考。

三、生或死的归途

漂泊者在城市中寻找家园，寻找灵魂的栖息地，也许付出了很多努力，但他们每个人的人生都拥有不同的结局。《浮生》中作者陈仓多次描写了人物在房子问题上生与死的挣扎。房子是生存的必要条件，人们需要房子遮风挡雨、休憩停歇、养精蓄锐再去面对生活中的风雨。城市的漂泊者一旦有了自己的房子就仿佛迎来一次新生，他们的第一次生命起点在故乡，可能是某个不知名的小镇或是村庄，那是与生俱来的、无从选择的，也正因如此，他们选择来到繁华的都市漂泊，追求与父辈不一样的人生。上海是《浮生》故事发生的地点，是无数人向往的"魔都"，这座城市发生了无数人追求家园的故事，也包括陈小元和胥小曼。陈小元和《浮生》中的所有漂泊者一样，梦寐以求的都是在上海拥有自己的房子，在这座城市获得新生的希望。然而当陈小元发现他花几百万买的房子的相关证明都被装在一个浅蓝色的半透明塑料袋子里面时，他原以为像山一样沉重的房子忽然变得轻飘飘的被提在手中，顿时产生了一种虚无感，于是他联想起了骨灰盒，他觉得人活着时是立体的、复杂的、多彩的，然而人死后被"压缩成几把粉尘"，被放在"狭小的轻飘飘的空间"，然后又"被毫不费力地提在手中"，陈小元原本获得的生的欣喜忽然就被死亡的阴影抹杀了，于是"死"成为陈小元在购得新房后不得不面对的新课题。小说中曾多次谈到死亡，这是陈小元希望以死亡的方式逃避巨额房子债务引发的。陈小元与胥小曼买房之后交了一份保险，那份保险承诺当购房者因意外伤亡丧失还款能力的时候，将由保险公司负责向银行偿还剩余贷款，于是小说中就有了第一次关于死亡的讨论——"哪天累了，懒得再还贷款了，我就从楼上跳下去。"事实上陈小元并不是一个懒惰的人，相反他很勤奋、很努力，也很有责任感，但房贷与自己实际收入之间巨大的差距还是让他感到了恐惧，甚至不惜用自己的生命去对抗这种压迫感。房子住上了，短暂的安宁之后，隐藏在心中的不安全感并没有消失。陈小元和胥小曼一起去顶楼放烟花看日出的那天，当胥小曼问他，在顶楼还适合做什么时，陈小元下意识想到的居然是跳楼，可见死亡的想法已经深埋在陈小元的潜意识之中了。"我们没有蝴蝶的翅膀／唯一有机会的一次飞翔／只能是站在高高在上的楼顶／向低处纵身一跳"，在陈小元的意识中，"纵身一跃"通往死亡，但也通往自由，他默默地制订着死亡计划，为了让妻子、孩子能够活下去，自由地活下去，于是有了那份以"玩笑方式"认真立下的遗嘱。遗嘱是什么，是在创立人死亡之后发生效力的法律行为，是陈小元死亡计划的一部分。除此之外，陈小元还多次表达过对于死的决定，"哪天希望破灭了，我就直接去死""最后一步就是死"……死亡这个字眼不断被重复，仿佛陈小元执着于用死亡解决问题。死亡是注定的结局，但是这不是故事的本质，事实上陈小元一直在以死的方式寻找生的机会。"死打开的，也是最后一道门"，他想要的是不在万不得已的情况下，他仍然会努力活下去。对于像陈小元一样的城市漂泊者，房子已经不是一个商品，而是立足的支点，也是生与死的门槛。不光陈小元，还有那个到死连块墓地都没有，把骨灰撒在公园里的快递员杨晓敏，还有因为房子问题被上海本地丈母娘拒绝之后想要跳楼自杀的老牛的儿子，还有因为房子质量问题差一点导致新出生的女儿患上血液病的小马，他们不过是想在上海这座城市有一处可以回归的家园，可以放松的港湾，但因为各种各样的原因不得不面对困境或者思考死亡。作者并没有残忍地将主人公推向死亡的深渊，但却有一个无辜的工人因为房子死去了，米罗公元小区二期的一栋楼轰然倒塌，压死了一个正在安装玻璃的工人。而正是因为这栋楼的倒塌，陈小元、老牛和小马等人获得了解救，他们可以坐在一起喝酒聊天，尤其是陈小元，原本计划的"纵身一跃"就在楼体倒下去的那一刻终止。房子让陈小元在上海找到了归属感，得到了精神层面的新生，但又很快让他在负担不起的房贷面前计划死亡，最后又因为一栋楼的倾覆重生。生与死本是人生中逃不过的课题，作者通过房子将生与死连接起来，漂泊者的求索之途或通往新生，或迎接死亡，都是浮生的归途。

四、生命回归与灵魂救赎

尼采曾经提出过一个永劫回归的理论，他认为世界是永恒存在的，一切事物在其中无止境地重复循环，在这个过程中，一切可能发生的都已经发生过了，一切可能存在的都已经存在过了，作为存在的万物所经历的不过是千百遍的轮回。《浮生》讲述的是一个漂泊者在大城市挣扎浮沉的故事，陈小元、胥小曼、小叶、小孙、英子和柳红……他们每个人都是从不同的地方来到上海这座城市打拼的，他们代表着千千万万的城市漂泊者，或者说千千万万的城市漂泊者身上都有他们的影子，有与他们相似的经历。陈小元与小叶，都是充满正义感的记者，都是从老家来到上海从事媒体工作，又同样承受过资本对道德的霸凌，只不过陈小元最后在上海有了房子，而小叶则带着深深的失望回了故乡。那些相同的部分就是他们共同承受的时间轮回。还有英子和柳红，她们都是非常优秀的女性，独立、有能力，在自己的事业道路上做得风生水起，但一个遇到了贪财好色的上司，一个进入了欺诈员工的公司，最后她们都选择了逃离上海，回到家乡开启新的生活。又或者就像作者陈仓在小说后记中表达的，也许高房价只是这几十年特有的社会现象，再过二三十年，房子也许不再主导人们的幸福、前途和命运，房子热也许只是这个时代的阵痛，但是从更长久的历史周期来看，这样的现象是否也会回归轮回呢？在尼采看来要想获得幸福就应该珍惜每一个当下瞬间，热爱人生，热爱到希望每一个片刻都可以无限次地重新来过，也许对于经历过艰难生活的城市漂泊者来说无法做到如此豁达地接受痛苦的轮回，但是对于他们来说，寻找到精神家园不是最终目的，寻找到幸福才能得到最终的灵魂救赎。每个人选择的方向不同，幸福的结果也不尽相同。老牛希望儿子从失恋的痛苦中走出来，找到新的爱情；小马希望自己老婆和女儿身体健康，老婆二胎生个儿子实现他儿女双全的期盼；陈小元和胥小曼想要一个美好的婚礼，生一个健康可爱的孩子……漂泊者的幸福最终还是指向家，和家人有关，而房子仍然是这一切愿望实现的基本保障。但不管怎么样，像尼采说的那样热爱人生仍然是一条通往幸福的救赎之路。胥小曼和陈小元一起回忆两个人一同看过的电影《美丽人生》中这样一段台词："生活是美好的，哪怕一时被黑暗所笼罩，我们依然能够找到美之所在。无论什么样的灾难降临，只要生命还在，生活始终要继续。活着，就是最美丽的事。"

经历了林林总总的曲折与彷徨，甚至想要通过自杀解脱的陈小元也许在最后会明白生命的价值远超越房子的价值，死亡并不能让他解脱，只能遗留更多的痛苦，而生则永远有希望，只有活着才能获得幸福，才能实现自我救赎。小说的最后，胥小曼和陈小元来到倒塌楼的工地上，一直待到深夜，他们又听到了盛满夜色的蛙鸣，胥小曼说我们把青蛙逮出来吧！她想把青蛙送到那个长满芦苇和荷花的清澈池塘，她想让青蛙活在真正幸福的乐园，而不是被埋葬在一片人类的工地里，因为"这些青蛙实在太像他们，或者是他们本来就是几只青蛙"，胥小曼想要通过拯救青蛙的行为来拯救自己，这何尝不是一种救赎？《浮生》的故事具有普遍性，这种普遍与永劫回归如出一辙，无数人重复陷入这个"精神动荡"的漂泊时代，他们终将通过自己寻找到灵魂的栖息之所和救赎之路。

五、结语

《浮生》是一部深刻反映社会的现实主义小说，作者将故事聚焦于大城市的漂泊者以及他们与房子的关系，抓住了繁华背景下形形色色小人物的挣扎与无奈，作者以细腻的笔触刻画了当今时代漂泊者的众生相，也从侧面洞察了这个时代的底色与本质。外来务工者大量涌入城市，大部分漂泊者拥有的物质水平与精神梦想无法匹配，正是这种巨大的落差造就了城市漂泊者的生存危机，进而造成了大量年轻人幸福感的缺失，这是一个社会问题。作者通过小说主人公陈小元与胥小曼的购房经历呈现给读者当代社会城市漂泊者物质与精神的困境，并对他们寄予深切的人文关怀，整个故事从陈小元买房建立精神家园、获得新生，到收房后无法负担房贷而被迫考虑死亡，再到一栋楼的倒塌对陈小元生命的挽救，最后陈小元思想得到升华，实现对自我的灵魂救赎。作者通过他们记录时代，记录个体在时代洪流中的渺小与微不足道，也在帮助他们探索自我救赎之路。狄更斯说

"这是一个最好的时代，也是一个最坏的时代"，好与坏其实是辩证存在的。小说所展现的不是好与坏本身，而是时代浪潮推动下的社会发展规律，以及人们在这种规律下的生存状态，故事最后的开放式结局也体现了作者对于城市漂泊者的祝福。

生命的轮回和轮回的命运

——论《江南三部曲》中的女性命运

格非的《江南三部曲》包括《人面桃花》《山河入梦》《春尽江南》三部长篇小说，描写了从清末民初到新中国成立进行社会主义建设，再到现代社会发展的长达百年的时间跨度里谭家三代人的生活经历。《人面桃花》以民国前期为时代背景，描绘了江南官宦小姐陆秀米与时代变革相互纠缠的传奇一生。《山河入梦》的故事背景是在20世纪五六十年代，讲述了梅城县县长谭功达在建设新农村的过程中经历失败的故事，在这一时期，他与流落到梅城的上海少女姚佩佩的爱情也以失败告终，憧憬纯真情感的江南女子姚佩佩最终沦为杀人逃犯被枪决。《春尽江南》以20世纪末到21世纪初这段时间为故事背景，讲述谭家第三代谭端午和妻子庞家玉在现代都市生活中的人生际遇和精神衍变。谭端午在边缘化的生活状态中日渐消沉，庞家玉性格干练泼辣，不断努力改变着现有的生存状态，但身体和精神却一步步走向了绝境。《江南三部曲》从发疯的外祖父陆侃写到外孙谭功达以及曾外孙谭端午，其中的人物纷繁复杂，有革命党人张季元、县长谭功达、秘书姚佩佩、诗人谭端午、律师庞家玉，他们之间的凄美爱恋，他们对大同社会、共产主义、乌托邦精神等理想世界的执着追求，既像家族的遗传使命，也像几代生命的轮回，通过横跨100多年时光的传奇故事，讲述着追求、理想、爱恋的生命真谛，如一首凄美典雅的江南古诗美妙动听而又扣人心弦。

《江南三部曲》书中的三位江南女子秀米、佩佩、家玉的生命在历史和时代的前行中飘摇、绽放、陨落。从某种意义上讲，这三个人是谭家三代的媳妇，陆秀米是庞家玉的"太婆婆"，姚佩佩是陆秀米儿子谭功达的爱人，庞家玉是谭功达儿子谭端午的妻子。陆秀米是晚清官宦世家的小姐，钟情于投身辛亥革命并牺牲的张季元，张季元死后，秀米被土匪绑架，之后走上革命道路，最后被出卖，身陷囹圄，无疾而终。姚佩佩则是生活在小我世界的弱女子，上海知识分子家庭出身的她在双亲离世后来到梅城，遇到县长谭功达，因被高官强奸后一怒杀死对方，成了杀人逃犯，后被枪决。和秀米不同的是，佩佩生活得更加自我和小我，她脑子里没有家国和革命的意识，更多的是儿女情思和小我生活。她钟情于谭功达，所以面对高官，她"宁为玉碎，不为瓦全"，不为荣华富贵所动，坚守着自己内心的声音，即使是性命攸关的危难时刻，依然飞蛾扑火般诉说着对谭功达的爱恋。在《春尽江南》中，生活在现代都市的家玉则是更加自我和"较真"，她为提高家庭生活质量，为给孩子创造好的生活条件，使尽浑身解数，努力适应现代社会的各种游戏规则，强烈的自我意识支配着她的拼搏和摸爬滚打，直到发现身患不治之症，独自面对死亡。三位江南女子的爱恋、追求和生活，均以失败告终，如同在温暖阳光照耀下的冰花，充满着选择与挣扎、无奈与渴望。她们想为自己活着，想为爱人活着，想为更好的生存状态而活的追求，在挣扎中失去，在逃亡中终结，在病痛中老去。

一、陆秀米：乱世飘摇中的一株浮萍

陆秀米是小说《人面桃花》的主人公，她生活在清末辛亥革命时期，是中国最后一批官家的小姐，读私塾，通诗韵，秀外慧中，若不是时代巨变，等到待嫁年龄，她会如同寻常女子一样，嫁作人妇，相夫教子。陆秀米经历了参加革命、留洋、办学、被关押的复杂人生。和《山河入梦》中的姚佩佩、《春尽江南》中的庞家玉等众多女性不同，陆秀米是走向前台的女性，是小说的主角，也是乌托邦理想的亲身实践者。父亲陆侃失踪以后，秀米在找寻父亲失踪原因的过程中，了解到父亲异想天开的设想。父亲的设想有乌托邦的雏形，父亲的灵感更多的还是来自古人退隐生活后的桃花源梦想，他想请工匠在村中建造一座风雨长廊，将散居在各处的人家连接起来。这个想法最终没有实现。但是当秀米被绑架到花家舍时，秀米发现"这个村庄实际上修建在平缓的山坡上，村子里每一个住户的房子都是一样的……一条狭窄的，用碎砖砌成的街道沿着山坡往上，一直延伸到山腰上，把整个村庄分割成东西两个部分"。父亲的理想在花家舍得到了实现。花家舍的纷乱和王观澄的托梦让秀米在无法选择的情况下走向了所谓的革命道路。后来，秀米从日本回到普济办学堂，联系乡绅闹革命，被自己的"同志"出卖后身陷囹圄，出狱后用禁语来反省自己的一生，在种花养草中了却残年。"这温暖的阳光下，冰花正在融化，它一点一点地，却是无可奈何地融化。这幅正在融化的冰花，就是秀米的过去和未来。冰花是脆弱的，人亦如此。秀米觉得心口一阵绞痛，就想靠在廊柱上歇一会儿，喘口气。于是，她就靠在那儿静静地死去了。"小说《人面桃花》中对秀米的行为动机着墨很少，就像阳光照射下的冰花，结局除了融化还是融化，当她变成水的那一刻，她自由了，可是那已经不是原来的她了。秀米在无法选择的境遇下，了却了她的人生。貌美女性本该拥有的爱情、温情、孩子、丈夫在她这里是缺失的。格非称自己在这部作品中力图"通过简单来写复杂，通过清晰描述混乱，通过写实达到寓言的高度"。对秀米来说，爱情还没有开始就已经结束了。当她发现自己钟情的张季元对自己也怀有同样的爱恋时，张季元已经牺牲了，后来出现在她生命中的男人，无论是花家舍中强奸她的土匪，还是和她生下小东西的马弁，以及后来和她生下谭功达的谭四，秀米对他们都是冷漠的。"由着他去糟蹋便了"，这是她在面对母亲给她找的长洲侯家的男人和面对强暴她的土匪时，常说的一句话。在秀米的认知世界和情感历程中，只有张季元是她真正的爱人，张季元死了，她的心也如死水一潭，追随张季元的脚步闹革命、办学堂也就成了她的夙愿。当一切都以失败而告终，秀米从监狱中回家后，她选择了禁语的生活方式，之前的人不见，先前的事情不提，一个人待在父亲和张季元居住过的阁楼上回忆着发生的一切，看着在阳光照耀下逐渐融化的冰花，静静死去。

和喜鹊、翠莲等同时代的女性相比，秀米的生活虽然短暂但是更丰富，秀米的活法充满了独立和倔强，她能冷静地接受父亲发疯离家出走、母亲和张季元私通、遭土匪绑架但娘家不交赎金、被土匪强奸、儿子被打死、被同志出卖等遭遇，她的身上表现出了女性外表柔弱、内心却顽强坚韧的特性，现代女性的自我意识从她这里已经开始萌芽。她的革命是从追随恋人张季元开始的，是带有自我意识的，只是风雨飘零的时代让她的革命之路更加艰险和无奈。革命也因此成了她生命历程中的关键词。柔弱、温婉、细腻等女性特征在秀米身上不明显，相比较而言，姚佩佩、庞家玉会显得更"女人"一些。

二、姚佩佩：戴着菊花行走一遭的孤儿

姚佩佩原名姚佩菊，正如小说《山河入梦》中所说，一般都是在葬礼上才佩戴菊花，而具体到姚佩佩的身世：父母遗世的孤儿、寄人篱下的境遇、恋人不得的痛心、被强奸愤而杀人后的逃亡，这一切都与这个女孩的命运紧紧相连。很显然，"佩佩"这个名字没有给她带来好运气，当然这不能完全归因于名字，她是那个时代人们生活的一个缩影。如果没有那个年代的政治斗争，她的命运或许会被改写，佩佩在时代命运的洪流中踟蹰

前行，她没有选择也没有反抗的机会，在这点上，秀米、佩佩和家玉是有几分相似的，但不同的是，佩佩的多愁善感如林黛玉，敏感如是、对爱情的执着如是。当她深爱的谭功达娶了寡妇张金芳，当她被"羊杂碎"汤碧云骗到甘露亭林中，继而被省委秘书长金玉强奸之后，对爱情、友情等美好情感的失望使她走上了反抗的不归之路，她拿起摔破的玻璃杯底托，向金玉的脸上划去，然后用井盖上的石头砸死了金玉。实际上，在被强奸后清醒的那一刻她才做出反抗的决定。"她简直没法摆脱那个疯狂的念头。她想到了赶紧离开这儿，可她脑子里有两个小男孩在打架：一个红衣红裤，怂恿她尽快下手；一个白帽白袍，劝她放弃……当姚佩佩悲愤地想到，钱大钧是如何去县医院和药剂师密谋，又用了怎样的办法劝说汤碧云向自己的姐妹下手……她觉得没有必要再这样纠缠下去了，她已经做出了决定。"

可以说佩佩的反抗预示着逃难和死亡的命运，之前她多次设想过如果父母没有去世，或者和谭功达一起隐居的话会是怎样，如果说之前是想象中的逃亡的话，那么现在杀了金玉就是真实的逃亡了，并且是一条终将失败的逃亡之路。整部小说用将近三分之一的篇幅来讲姚佩佩的逃亡历程，其中充满痛苦磨难，但是从佩佩写给谭功达的信中可以看出，在逃亡的过程中，佩佩不像在澡堂卖筹子和在政府办公室当秘书时那样郁郁寡欢，相反，她是豁达英勇并且无所畏惧的。在逃亡的过程中，她没有寄人篱下、看人眼色的委屈无奈，也没有想爱而不敢爱的拘束，她也不怕因暴露行踪而被抓捕的可怕结局，大胆地向谭功达诉说爱恋衷肠，每逃到一个地方，她就会抓住一切机会给谭功达写信,而正是这些寄出的信件让她暴露行踪进而被抓枪决。姚佩佩的反抗是决绝的,飞蛾扑火似的,充满着向死而生的豪气。同样是在时代裹挟中踟蹰前行,和秀米、家玉不同的是,佩佩的反抗或者说是逃亡有一些主动意味,有着对生命的主动选择。

对于外界的风云变幻,包括谭功达所要建设的具有乌托邦色彩的新农村世界,姚佩佩都是不关心的,她的名字永远出现在布告栏的最后一行,是"羊杂碎"汤碧云口中的"落后分子",相反她对谭功达的情感变化和衣食所需关注得更多一些。寄人篱下促使她养成了察言观色的习惯,流落在梅城的孤苦境遇造就了她的多愁善感,骨子里的高傲铸成了她"宁为玉碎,不为瓦全"的选择,即便是在杀人后逃亡的路途中,依然是敢爱敢恨的自我,而且是傲视一切的自我,敏感多察、多愁善感的女性特质在佩佩身上表现得更为明显。和陆秀米革命者的形象相比,姚佩佩的女性特征更为明显,并且具有更多的自我选择意识。

三、庞家玉:孤独前行的失败者

《春尽江南》中的庞家玉是谭功达和张金芳所生儿子谭端午的妻子,是陆秀米的孙媳妇,是20世纪90年代一位成功的律师。谭家的生活水平因为庞家玉收入的增加而提高,她为了让儿子读名校、学出好成绩使出了浑身解数,但是在中年患上了不治之症,一个人死在了医院里。如果说秀米象征着一种精神力量的萌动、生长和最终的凋落。姚佩佩是一个痴情的女儿家,为情而生,为情而死。那么家玉,则是屈辱和心智茫然的化身。

她生活在现代化社会进程快速变幻的时代，家玉积极努力，然而，她骨子里依然饱含女儿家的羸弱、悲伤、敏感、忧郁。这就是她试图逃离苦难，却始终无法解脱的宿命。

在小说《春尽江南》的开篇，庞家玉一直积极而强悍地生活着。她为房子、孩子拼尽全力地奋斗折腾，然而，在她和谭端午的婚姻里，一直是她自己单枪匹马地奔走，而她的丈夫谭端午，除了给她添乱，时时刻刻站在道德制高点上以精神贵族的优越感对她的行为讥讽冷笑之外，没有给她提供任何帮助。谭端午将家里的房产证遗落在中介公司，留下了后患。当家玉为讨回被租户占用的房产，拙劣地召集人马时，谭端午甚至不能和家玉并肩作战，当家玉要去里面房间面对面与租户谈话时，"家玉用哀求的目光召唤丈夫，想让他一起去。端午也用哀求的目光回敬她，表示拒绝。家玉只得独自去书房谈判"。此刻，谭端午的作用只剩下帮着家玉把因愤怒掰断的眼镜腿找到螺丝，并把它修好而已。这是一个在现实生活中完全派不上用场的丈夫，他看着妻子在人世挣扎，自己却装作精神贵族，一直保持着淡淡的讥讽，袖手旁观。

小说《春尽江南》的最后，我们读到家玉写给丈夫的信，得知她在医院被宣布罹患绝症并遭到了春霞的羞辱后，神志恍惚地离开医院，又在当年遭遇唐燕升的地方遇见一个黑车司机并迷糊地上了他的车，随后遭遇到黑车司机的性猥亵。最后她回到家里，因为功课不理想责骂儿子谭良若，进而被谭端午辱骂并暴打一顿。我们无法揣摩她当时的孤立、屈辱以及面临死亡的恐惧。面对可怜巴巴的未成人的幼子，她内心充满了苦痛的纠结和时不我待的煎熬。潭端午面对这些异常，做的是"我出去转转"的迅速逃离现场的袖手旁观，他在楼下看着初雪，一边感受着家庭生活的痛苦，一边与暧昧对象绿珠发了两个小时短信。回到家后看到妻子对儿子的责打还在继续，于是，他主持正义，打发儿子去睡觉并在冲突中动手打了家玉，踢了她一脚，后来又把她按倒在地，骑在她的腰上，啐唾沫到她的脸上，用最难听的话骂她。这是一个罹患绝症的女人在家庭中所度过的最后一天。家玉在生命的末尾给丈夫留下一封信，在信上对丈夫端午说的最后一句话是："我爱你。一直。假如你还能相信它的话。"这是家玉最软弱的时刻，也是她被暴戾的时代挟裹的一生里，最后一个屈从的手势。正如她所说的："我是在忧愁之中死去的。"

家玉既是温柔贤淑的妻子，也是望子成龙的母亲，甚至也在努力做孝顺长辈的好儿媳，在外她是一位成功的律师，每天面对大量的工作，在内家里的所有事情也需要她亲自打点，虽然她疲于应付，但在外界看来她也算成功女性，生活小康，儿子健康，家庭和美，这正是家玉奋力打拼想要的结果，可就在这时她却患上不治之症，在中年提前结束了生命，在忧愁和遗憾中离开了丈夫和年幼的儿子。从职业的角度来分析的话，家玉从事的律师行业，需要每天面对社会上的种种纠缠和不公，她爱较真的性格使她被这些事纠缠，这也成了她的劫数。"家玉的情感太纤细了，太脆弱了。她不适合干这一行……太多负面的东西压在她心里，像结石一样，化不掉……"正如她的合伙人徐景阳所说，与其说是职业选择造就了她解不开的心结，不如说是家庭内因和社会外因合力将她推向了死亡和失败的境地。

四、结语

秀米、佩佩、家玉三位女性都为内心的理想奔波行走，生命爱情均以悲剧收场，而且她们的爱情基本都发生在生命即将结束或结束之后，空留遗憾和悲伤。《人面桃花》中的陆秀米在张季元死后发现了张季元对自己的爱恋，同时，秀米也开始追随爱人的脚步走上所谓的革命道路。《山河入梦》中姚佩佩和谭功达的爱情正式展开也是在杀了强奸她的高官金玉之后。《春尽江南》里面，作为生活表面上成功的律师庞家玉一直对丈夫的生命状态很是不屑，说他的生活"正在一点点烂掉"。与其说她们的爱情都是带着悲伤的遗憾而结束，不如说是自我选择注定的结局。秀米如若没有碰到张季元或者说没有看到张季元死后留下的那本日记，或许会按照母亲的安排嫁到长洲的侯家，做起大户人家的少奶奶。佩佩被省委秘书长金玉看上之后，如若像汤碧云一样，选择顺从，家玉也可以像霸占她房子的春霞一样，选择在社会上过游刃有余的人生。她们都是想按照自己的想法活一回的人，然而这种独立选择的生命特质在历史的轮回中一次又一次失去意义。"时间已经停止提供任何有价值的东西。你在这个世界上活上一百年，还是一天，基本上没有了多大的区别。"就像三部小说中频繁出现的花家舍，这是陆秀米被土匪绑架的地方，也是谭功达被免职后下放的地方。谭端午在一个叫"花家舍"的豪华宾馆参加了一个全国性的诗歌研讨会，就像多年前他的外祖母陆秀米和落魄的父亲一样，对于谭端午来说，一切好像命中注定。正如两个相同的命运，在一刹那间，互相点头，默契和微笑。21世纪的花家舍变成了一个集休闲、娱乐、色情于一体的地方，就像《山河入梦》中郭从年的预言一样："三四十年后的社会，所有的界限都将被拆除；即使是最为肮脏、卑下的行为都会畅行无阻。举例来说，一个人可能会因为五音不全而成为全民偶像……世界将按一个全新的程序来运转，它所依据的是欲念的规则……"三位美丽的女子，也没能逃脱这样的轮回，家玉拼尽全力赚得足够多的钱，但是并没有换来能继续呼吸的生命。三位有独立思想和自我意识的女性，尽管在生活的意义上都失败了，但是从对人性和独立意识层面的贡献上来说，则是成功的。秀米的革命，佩佩的豪情，家玉的奋斗，三位女子的人生，均在一步步实现自我想法的过程中失败，在花开的年华陨落。即便不得，即便不能，即便失败，即便如昙花一现，但是她们存在过，精彩过，有花开的绚烂，有存在的意义，更留下了花落凌乱的悲凉与思考。

悬疑传奇迭映历史波澜

——评胡学文《血梅花》

胡学文创作的小说多以底层小人物的生存困境为起点，表现他们精神世界的多种生动气象，在书写苦难和疼痛的同时，关注善良与残酷共存的社会，关心民族大义和民生疾苦，体现了当代人文知识分子的社会责任感。胡学文的长篇小说《血梅花》讲的是侵华日军侵占东北三省时期，散落民间的梅花军后人反抗日军侵略的故事。梅花军后人柳东风、柳东雨兄妹都遭遇了突如其来的生活变故：哥哥柳东风妻儿惨死，妹妹柳东雨经历了和日本间谍的虐心爱恋。《血梅花》延续了小人物故事的叙事传统，写的是小人物的抗战故事，是一部小人物演绎大情怀的作品，用悬疑传奇的叙述基调塑造了柳东风、柳东雨、林闯等多个抗战英雄形象，展现了底层民众走向抗战一线的生动故事，同时力求真实具体地还原抗战的细节。

一、国仇家恨情怨的复仇主题

柳东风、柳东雨的父母都曾为反抗日本帝国主义侵略的民间武装力量梅花军做事，兄妹俩从小看得最多的就是母亲给梅花军军人做鞋，兄妹俩自小耳濡目染父母对梅花军的支持行动，他们长大后自觉认同了梅花军后人的身份，担当起了保卫家园、共抵外侮的家国使命，他们抓住每一次机会追杀日本兵，并在被自己杀掉的日本兵脑门上刻上梅花军的标志。他们追随梅花军走上抗战道路的直接导火索是柳东风的妻儿被抢夺粮食的日本军官土肥田杀害，这件事促使柳东风毅然踏上寻找梅花军的道路，也使柳东雨成长成熟，从儿女情长的小我中走出来。从那以后，柳东雨无数次从嫂子和侄儿惨死的噩梦情景中惊醒过来，她不再是对"日本商人"松岛抱有感情幻想的少女。小说多次写道："睁开眼，是血淋淋的嫂子，合上眼，是血肉模糊的侄儿。刀穿透侄儿，扎进嫂子的身体，刀扎透嫂子的身体，又穿透侄儿。那血淋淋的刀不停地挥舞着。"嫂子和侄儿惨死在日本军刀之下，而后哥哥柳东风也在刺杀日军特务统领国吉定保时被枪杀，自此柳东雨从和"日本商人"松岛的感情纠葛中彻底醒悟过来，哥哥柳东风被杀之前她才知道，松岛接近她是这场阴谋的起点，当初她和哥哥在森林中发现的这个遍体鳞伤的病人实际上是一个日本特务，松岛伪装成日本商人骗取柳氏兄妹的信任，窥探梅花军的行踪。为了更好地掩护自己，松岛表面温文尔雅、出手大方，而他真正的身份则是日本秘密刑事警察，长期潜伏在长白山一带搜集情报、暗杀抗日武装，是个极其阴毒危险的角色。也就是说，柳东雨喜欢、爱恋甚至共同生活过一段时间的恋人实际是一个阴险的敌对特务，柳东雨只是松岛握在手里的一个筹码。亲人的惨死和松岛真实身份的显露让被哀伤吞噬得千疮百孔的柳东雨认清了在松岛彬彬有礼的表象下面暗藏的阴险残暴的本性，她将悲痛化成抵抗日本侵略者的力量，毅然加入林闯的抗战队伍中，组织抗日武装，开始了计划周详并且目标明确的复仇行动。

《血梅花》的叙事主线是复仇，用齐头并进的线性结构讲述了三个复仇故事。一个是国家民族意义上反抗日本侵略者对中华国土的践踏，是关系国家命运的国恨。另一个是亲人被日军残杀的家族仇恨，对柳东风来说，是杀害妻儿的家仇；对柳东雨来说，是杀害父亲、兄嫂和侄子的家仇。最后一个是日本间谍松岛欺骗柳氏兄妹信任和柳东雨少女情感的情怨。国仇家恨情怨组成了《血梅花》中的复仇主题。"复仇"是很多小说构成因素中的母题，一般将复仇分为：为争取尊严和荣誉的复仇，为被弑杀的亲人报仇，为情怨报复对方三种。小说《血梅花》综合运用了三种复仇模式并成功地将三种复仇有机融合在了一起，同时也将日本帝国主义侵略中国的国恨和普通老百姓的生存和命运连在了一起。小说通过描写笼罩在中华大地上的国仇家恨和普通民众复仇意识的觉醒，写出了普通小人物面对战争与死亡时从内心萌发的复杂心理和情感变化。

从复仇主角来说，柳东风是报国仇和家恨的复仇主角，父亲把他培养成身手敏捷、出手不凡的猎人，初衷就是想让他成为梅花军的主力，父亲的下落不明和妻儿的惨死逼他走向了报仇雪恨的复仇道路。作为复仇者，柳东风有着主动受难的英雄主义气概，他时刻不忘自己身上背负的民族使命，展现了中华男儿的血性本色。待嫁闺阁的女儿家柳东雨的复仇过程则充满了焦虑曲折。仇恨和爱情是人类永恒的两种基本情愫，而且是相反相随的两种情愫，柳东雨对集国仇家恨于一体的日本特务松岛就有着这样的两种情愫，这两种矛盾的情绪使她焦虑不安，小说将柳东雨对松岛的复仇故事放到了爱恨情仇的纠结和斗争中。柳东雨的复仇类型是血亲复仇和感情复仇，血亲复仇是人类发展史上最为古老、也是持续时间最为长久的一种复仇模式。为死去的亲人复仇，承载着生者复杂的感情，具有告慰和安抚死者灵魂的意义，所以无论对手多么强大，复仇者都会给予痛快淋漓的报复，就像柳氏兄妹手中的柳叶刀数次在日寇脑门上刻下梅花标记，这就是具有使命意义的血亲复仇。感情复仇多指情怨复仇中的女性复仇，一般指女子对"负心汉"的报复惩戒，对于柳东雨而言，血亲复仇和感情复仇两种仇恨指向的对象是同一个人，血亲复仇是传统伦理道德赋予的义务，而就感情复仇来说，她要报复的是负心汉——日本间谍松岛。从传统伦理道德的视角来看，她与民族和家族的仇人相恋并住在一起，是有违道德礼法的，她的悲剧也可以说是她自己在行为和道德上犯错的后果，所以柳东雨的复仇带有自我承担罪与罚的色彩。就女性个体生命而言，柳东雨又是值得同情的弱势群体，是一个被侮辱和伤害过的女性。对处于热恋中的柳东雨来说，松岛特务身份的显露和松岛枪杀哥哥的事实给她的心灵造成了沉重的打击，嫂子和侄儿惨死日军刀下的血腥场面，让她的内心承受了一次次生与死的考验折磨。但是柳东雨没有沉沦而是振作了起来，这符合她猎户出身的成长环境培养出的泼辣豪放的性格特点，她一边承受着内心深处的悔恨煎熬，一边坚定踏实地挥舞柳叶刀，开始了有勇有谋的抗战历程，这也让柳东雨这个人物形象有了属于自己的复仇者标签，而不是被贴上任何类型化的"女英豪"的标签。从小说的文本叙述中，我们看不到作者对柳东雨和日本特务松岛恋爱情节的态度。对于两个年轻人的相恋过程，小说中有大段的描写，伪装成日本商人的松岛赢得了中国女孩柳东雨的好感，他们交往的过程作者也没有刻意营构，就是简单的青年男女互生好感的过程。

二、个人情感与民族危难的纠结选择

《血梅花》讲述的是柳氏兄妹身怀绝技奋勇杀敌的传奇抗战故事，但无法绕开的是两个人的感情和婚姻生活。哥哥柳东风和东北姑娘魏红侠、包子铺老板的女儿二丫有两段感情，柳东风和魏红侠的婚姻更像是父母定下的"娃娃亲"，是山林里猎户儿女间的"青梅竹马"，魏红侠勤劳善良，用自己辛勤的劳作和山里女儿特有的智慧操持着自己的小家，小两口相濡以沫，日子过得虽然贫苦但很甜蜜，结婚后不久就有了可爱的儿子柳世吉，如果没有日本侵略者入侵，一家人就会这样一直幸福和美地生活下去，但是，日本侵略者的铁蹄并没有放过这普通的一家人。魏红侠和儿子被日军杀害后，柳东风在追随抗日武装的道路上碰到了二丫，二丫是热情

奔放的城里姑娘，给困顿失意的柳东风以温暖和力量，但是最后也不幸死在了日本侵略者的刀枪之下。

就一个淳朴的东北山林姑娘来说，柳东雨和松岛的感情是淳朴少女的情窦初开，所以文本采用柳东雨多次回忆的方式讲述了她和松岛相识相恋的过程，小说直到结尾也没有写出松岛对柳东雨本人的伤害，试想如果没有这场战争，排除一开始松岛接近柳东雨就带着不可告人的阴谋的话，柳冬雨和松岛的感情或许能成为一段美丽的跨国爱情，但在国破家亡之际，生存尚且艰难，奢谈儿女情长，再多的情感眷恋最后都化作了悔恨的眼泪，更何况柳东雨爱恋的对象还是日本间谍。把这样的爱情放到日本侵华战争的大背景中，感情纠葛和民族矛盾纠结在一起上演了虐心之恋的桥段。如果没有战争，这些善良的农家女儿，可以在乡村过着相夫教子的闲适生活，无忧无虑地做母亲妻子，但自从日本侵略者的铁蹄踏进中华国土的那一刻起，平静安稳的生活对她们来说就成了奢望，柳东雨和松岛的爱情，让柳东雨背上了道德和罪恶的枷锁，而对松岛的爱恋和思念更加重了她内心的煎熬。如很多革命英雄一样，柳东雨牺牲了个人情感成全了民族大义，她加入抗战队伍后遇到了林闯，感情有了新的依靠，这让柳东雨这个抗战女性的形象更加符合了一些典型的女性心理特质，这样的抗战女性既有坚定不移的事业追求，也有她的苦闷彷徨。柳东雨对松岛的感情，小说里这样写道："柳东雨是什么时候迷上他的？是给他送饭的时候还是他和柳东风侃侃而谈的时候，抑或是和他进山采药的时候？不堪的往事如锋利的刀刃，无情地削割着她。"和男性相比，女性更容易把爱情看作是生命价值的全部，在女性的成长历程中，爱情占了生活很重要的位置，甚至爱情成为女性成熟和认识世界的一种方式，所以，她们一般不能很快忘却失去爱情的痛苦和忧伤。男性在面对革命、行侠仗义等男性主题话语时，会很快放弃爱情、家庭等话题，而女性则正好相反。柳东雨的爱情写出了个人情感和民族危难的既统一又矛盾的关系，一方面，柳东雨是被欺凌的民族同胞的一分子，国家民族的生死存亡和她的个体生存息息相关，个体生命的延续和生命安全乃至在这其中的爱恋都只能通过民族的生存延续下去。另一方面，柳东雨的爱情和民族命运又是矛盾的，因为她的恋爱对象是一位日本间谍，她成全爱情的前提就是背叛自己的国家和民族，战争背景和女性情感的矛盾通过柳东雨的爱情展示出来，爱情和祖国之间，她只能选择一个。

实际上，作为乡村女性，柳东雨走向革命的道路较晚而且过程曲折漫长。知识女性经过新式教育，冲破传统礼法的约束，一般是坚定勇敢地走向革命道路。乡村女性受生存环境和教育背景的限制，她们走向革命一般是因为在战争中承受了太多的苦难。《血梅花》中柳东雨形象的塑造正是遵循了乡村女性的这一成长规律，然而在这部小说中作者还关注了柳东雨独特的性格特点和生命体验，关注了情窦初开的懵懂少女的青春爱恋，这不得不说是《血梅花》这部小说在塑造抗战女性人物形象上添加的浓墨重彩的一笔。最后柳东雨走出了家庭和感情的牵绊，成为抗日队伍的主要力量，她的美丽聪慧、机智果敢都在抗日战争中发挥了重要的作用，也就担负起了属于她自己的那份拯救民族危亡的历史重任。

柳东雨、二丫包括柳东风的第一任妻子魏红侠她们都是生活在底层的勤劳淳朴的劳动妇女，她们都不曾为了追求爱情自由从家庭出走，也不是接受过新式教育的现代女性，但是故土家园遭到敌人入侵时，她们也都表现出了视死如归、与侵略者抗争到底的决心与勇气。这是抗战景象的真实描写，面对日本帝国主义的侵略暴行，每一个中国人都充满了强烈的民族主义精神和高昂的抗战斗志，誓死将日本侵略者驱逐出中华国土。

三、乡野生命律动的传奇书写

胡学文小说中的人物，大都是中国农村最普通、最淳朴的那种人，貌不惊人，不打眼，不折腾。他们没有太多的宏图壮志和远大的人生图景，只想平安、本分地过日子。然而命运未必会因此而厚待他们，该碰上的磨难，该遇到的坎，往往会在某一瞬间不期而遇、不请自来。《血梅花》的主人公就是这样一些在中国东北山林里最普通的挣扎在生存一线的猎户，他们过着仅能维持生计的山民生活，然而日本侵略者的铁蹄并没有放弃践踏他们的生命与尊严，于是生活的噩梦接踵而至。世代相传的高超捕猎技术是他们养家糊口的本领，也成了他们抵御外侮的武器。

柳东风从小就接触了射箭和耍猎枪的训练，父亲从他小时候就教他"一辨二闻三听四看"的捕猎技巧。父亲常说一个好的猎手要具备的基本功首先就是爬树，然后要有灵敏的感官，要眼观六路耳听八方，最重要的是要把这些基本功运用到捕捉猎物的行动中去，针对不同的动物还要有不同的射杀技巧，比如射杀鹿，要在它吃草的时候射杀它的要害部位，而对于兔子，则要在它弹跳起来的时候射杀，因为兔子弹跳起来那一刻体形变长，容易射中，所以射鹿要沉住气，射兔则要眼疾手快。后来柳东风跟着父亲去"背坡"，"背坡"就是受雇给伐木工、山里的猎户背米面盐茶等生活必需品的行当，去一趟需要三五天到七八天。去"背坡"不仅累，还很危险，最危险的是可能遇到猛兽或遭遇土匪，所以这是那些没有办法养家糊口的人为挣一口饭吃而选择的铤而走险的行当。也有一些猎人从事"背坡"这个行当。因为这对他们来说是另一种打猎，柳东风的父亲告诉他，要想成为真正的猎人，首先得学会"背坡"。"背坡"的驿站就是"背坡哨"，"背坡哨"不是真正的客栈，只是几间孤零零的房子。这些生动鲜活的第一手捕猎技巧就像作者胡学文亲身体验过一样，因为山里人"背坡"的生活方式以及"背坡哨"的存在都是胡学文细心研究文献资料后发现的一种当地很有特色的山林文化。

在山林里摸爬滚打的猎人一般是身手敏捷的武功高手，这也为柳东风日后一次次单枪匹马杀死日本侵略者，而让日本侵略者找不到一丝蛛丝马迹埋下了伏笔。对柳氏兄妹来说，他们杀敌的武器不是枪而是柳叶刀，小说中有关柳氏兄妹用柳叶刀杀死佩带新型武器的日本侵略者的场景描写有很多，这让整部小说具有了浓郁的传奇色彩。兄妹俩和日寇的对抗刚开始具有民间文化和朴素道德的召唤意义，同时他们武艺高强、侠肝义胆具有民间英雄豪杰的特征。柳家两代都是猎人出身，他们从小在山林打猎，练就了一身进退自如的好武艺和百步穿杨的好枪法，这为他们日后神勇杀敌打下了基础，也将打猎打狼和反击日本侵略者联系了起来，将打猎的凶险和抗战的残酷联系在了一起，用狼、山猫、獾猪等凶猛的动物比喻日本侵略者的狼子野心。日寇入侵似乎告诉我们"狼来了"，在这里，作者胡学文要告诉我们的是"狼来了"我们不怕，因为我们是专门制服豺狼的猎人。

"传奇"既是一种小说文体，又是一种艺术表现手法，是作家民间文化立场、创作思维的一种形象传达。就"传奇"的小说文体来说，一般分为志人、志怪两类，《血梅花》中的柳氏兄妹巧用柳叶刀射杀日本侵略者的高超武艺就属于志人的描写。当下对抗战题材小说的传奇性描写存在很多质疑的声音，特别是有些抗战题材作品在影视剧本改编时故意做夸大处理，导致剧中人物也沾染了许多匪气和痞气，故事情节也有江湖草寇的桥段，使得抗战小说的传奇演绎不伦不类，但是《血梅花》通过对传奇人物柳氏兄妹的塑造对这种过度传奇化进行了一些纠偏。柳东风是传统意义上的英雄形象，具有高超的武艺和济世救人的胸怀，但是他不是高大全的"神人"，也不是江湖奇侠、绿林好汉，他只是一个想安分守己过着温饱生活的猎人，是千万个老实本分的东北平民中的一个。如果不是日本侵略者一步步侵占他的家园，收缴他的猎枪，逼他给日本人缴纳猎物，残忍杀害他的妻儿，老实本分的柳东风可能会守着妻儿安稳度过一生，柳东风的抗战属于平民抗战的另类传奇，是"反抗起义"的抗战故事，柳东风的平民抗战形象充实扩大了抗战英雄的人物形象图谱。

小说《血梅花》中与柳东风对应的另一个抗战英雄林闯则具有一些草莽英雄气，他是土匪头子出身，具有过人的枪法和胆识，也有一些匪气和痞气。在小说中，林闯是以土匪的身份出现的，但是他并不强抢百姓的财物，而是在小说开篇就搭救了被日本侵略者关押的四个中国女人，柳东雨就是这四个女人中的一个。透过柳东雨的叙述视角，我们看到的是一个长着大厚嘴唇的爱贫嘴的土匪头子，柳东雨见到林闯时说"你的前世是麻雀吧"，但是柳东雨也在心里默默赞叹林闯身上的优点，"这个嘴唇耷拉到下巴的家伙，臂力超好，不得不对他刮目相看"。身怀绝技、枪法一流而且极为孝顺、重情重义，林闯将从日本宪兵手中抢回来的女人放回了家，林闯演绎的是一个土匪变成抗战英雄的传奇。从情节叙述角度上说，《血梅花》是"抗日前传"，在很多抗战作品中，比如《我的团长我的团》《我的兄弟叫顺溜》《雪豹》等作品，讲述的是各类英豪在抗战中转变身份，改变性格，进而成为革命将士的过程，他们披肝沥胆、奋勇杀敌，最后都看到了胜利的曙光，而《血梅花》描绘的则是平民抗战中的无名抗战，讲述的是枪声打响前一刻的故事，展示的是中华儿女自觉拿起武器抵抗外来侵略者的过程。

四、家国情怀的平民视角体现

情怀是一种感情，一种发自内心的认同感和归属感，家国情怀是对国、对家的一种思想心境、一种情感寄托。家国情怀是传统文化中宝贵的精神财富，它在驱逐外侮，构建现代民族国家的过程中，发挥了重要的作用。《血梅花》讲述的是战争打响之前平民拿起枪的故事，书中普通老百姓面对国家凋零、山河破碎时表现出的民族大义和家国情怀，读来具有撼人魂魄的巨大力量。

　　小说《血梅花》开篇就写到被日寇抓去做慰安妇的几个东北女人，她们是拥有不同身份和阶层的女性，其中一个试图逃跑的女孩瞬间被枪杀，中年僧侣因要带走女孩的尸体也被日军枪杀，短短几分钟，日本侵略者就枪杀了年轻女孩和中年僧侣，车上剩下四个女人，其中一个叫陆芬的，是镇上生意人的女儿，还有两个乡下妇女，再就是无依无靠的柳东雨，面对残暴的日本侵略者，她们的性命岌岌可危。若不是林闯搭救，这些女人可能瞬间就成了日本侵略者的刀下鬼，日寇的铁蹄踏入东北平原的国土时，任何人都逃脱不了被屠杀的命运。国破家亡的悲剧在柳氏兄妹身上体现得更为明显，柳氏兄妹的少年时期，靠着父亲上山打猎和"背坡"的收入维持着温饱的生活，但是随着日军侵略脚步的加快，父亲母亲接连去世后，柳氏兄妹必须为生计奔波，为了换取片刻的安宁，甚至每月给日本军人缴纳山货，但是随着日本侵略者的烧杀抢掠，兄妹俩一度没有了糊口的粮食，他们一边忍受着乡亲们的白眼一边接受"日本商人朋友松岛"的施舍，但是即便是这样苟延残喘的活命机会也被剥夺，这是侵略战争导致国破家亡的直接描写。柳东雨在复仇路上遇到的林闯母子，柳东风在逃难路上遇到的二丫母女，他们遭受苦难流离失所的原因皆是这场战争，他们的遭遇是那段历史时期千万家庭遭遇中普通的一类，《血梅花》呈现的就是平民面对战争所产生的本能的家国情怀，侵略者的铁蹄踏破家门的那一刻，没有任何一个人能置身事外，《血梅花》通过这种"以小见大"的叙述角度，以小人物的成长生活视角展现了历史的斑斓变幻。

小说《血梅花》中的抗战女性柳东雨一方面是运筹帷幄、指挥打仗的聪明帅才，一方面是勇猛果敢、一刀毙命的神武将才，但她不是"高大全"式的抗战女英雄，她有着和日本特务恋爱的过往，有着青涩的情感记忆，也有着儿女情长的小心思，是一个典型的乡村姑娘成长为抗战将领的女性形象。生在猎户家庭的女子有着豪放洒脱、桀骜不驯的天性，这就使她和温良贤淑的传统女性区别开来，长在猎户人家耳濡目染的柳叶刀法决定了她不会是"送君上战场"的幕后女性形象，她一定是要身披戎装、持刀上战场的巾帼女英豪。同样生长在山林中的柳东风的第一任妻子魏红侠，也有着豪放粗犷、勤劳朴素的一面，但和柳东雨相比，缺少有勇有谋、古灵精怪的一面，魏红侠为了让心上人柳东风吃上可口的饭菜，跑到飞瀑中去抓鱼，"魏红侠抓鱼，他悄悄跟去，那场面奇异而壮观，飞瀑砸在深潭，犹如天女散花。深潭里的鱼偶尔跳起，在飞瀑中嬉闹，魏红侠就是瞅着鱼跃起的瞬间捕抓，柳东风看呆了"。魏红侠的憨厚质朴打动了柳东风，但同样是这份憨傻要了魏红侠的性命，新婚后面对小姑子的刁难她忍气吞声，但面对日本侵略者到家抢夺粮食，她却拼了性命去保护这些口粮，最后粮食没有守护住，却搭上了她和儿子的性命，日本侵略者没有给这个憨厚淳朴的乡村妇女一丝活命的机会，端起刺刀刺向她的身体时，如同对待草芥一般。柳东风的第二任妻子二丫是城里包子铺老板的女儿，她用勤劳的双手经营包子铺，靠这点微薄的收入维持生计，是市井平民的典型代表，日寇的入侵打乱了他们平静的生活。二丫认识柳东风之后，义无反顾地支持柳东风的一切抗日行动。和柳东雨一起被日本侵略兵关押的姐妹陆芬是城里有钱人家的小姐，受柳东雨和林闯的感化，也自觉加入抗战队伍中。这几位女性共同构成了乡村抗战女性群像。柳东雨和小说中其他女性的不同之处，还有和其他很多抗战作品中女性形象的不同之处在于柳东雨的出身环境和特殊的成长经历决定了她的性格和命运走向，这也成了她走上战场并成为独当一面的女将才的合理理由，同时也符合了女性在国家危难、民族危亡时刻承担男性使命的历史现实。

《血梅花》中另外一个典型的抗战形象是土匪头子林闯，他身上有很多缺点，贫嘴、有勇无谋还略带痞子习气，但是他劫富济贫、保护妇孺、匡扶正义而且极其孝顺，林闯演绎的是侠肝义胆的草莽英雄成长为革命将士的故事。同样是男性抗战形象，柳东风则是被动走向抗战的典型，日本侵略者一步步的紧逼，妻儿家小的惨死让他失去了可以守护的小家，从而走上了卫国和复仇的道路，最后战死在血淋淋的战场。柳东风只是千万个战死沙场的将士中普通的一个，作者胡学文通过对柳东风、白水、李正英这些形象的描写，讲述了这些无名英雄的抗战历程。

20世纪三四十年代是日本帝国主义铁蹄踏进中华国土的年代，整个国家都处于危亡的境地，那时候民族危机和民族救亡是时代的主题，救亡图存就成了那个时代的历史使命。小说《血梅花》选用猎户视角，选取了"山猫""豺狼""野狐"等意象来隐喻日本侵略者的残暴野蛮，而柳氏一族则是专门对付豺狼虎豹的高手猎人。小说通过描写日军侵略背景下的悲苦命运和生存悲剧，将家国情怀的书写融入永不屈服的反抗行动中。

五、兜转起伏的悬疑元素

《血梅花》是一部将悬疑元素融入抗战主题的小说，悬疑小说是以悬而未解的事件推进故事情节的一种小说形式，小说中设置的悬念又可以激起读者的好奇和阅读欲望，作者巧妙利用读者的阅读好奇心，不断设置阅读障碍，然后两者共同完成解密的游戏。与一般意义上的谍战小说不同，《血梅花》巧妙地将悬疑小说的一些特征元素运用到文本讲述中，小说多重变换的叙述视角，双线并置的讲述方式，主人公柳东风一直在找寻的战斗姿态以及最后的开放式结尾，让读者在阅读的过程中，跟着作者的讲述进度，层层递进，怀疑推翻，步步惊心，欲罢不能。

《血梅花》采用双线并置的叙事方式来讲述故事，类似于复调小说，但是在布局谋篇上进行了精心设计，借鉴并超越了一般悬疑小说的线性叙事模式，小说每一章中的单数小节讲述的是柳东雨的"复仇故事"，双数小节讲述的是柳东风的"成长故事"，两条叙事线交织在一起，不仅情节上能够互相补充，时间节点上也能互相呼应，而且每一章柳东风"成长故事"的尾声，恰好是柳东雨"复仇故事"的起点。柳东雨复仇是一条独立的故事线，在柳东风成长故事的叙述线条中，讲述了柳氏兄妹的成长环境和成长历程，当然也包括柳东风的两次婚姻以及柳东雨和日本特务松岛的恋爱过程，分开讲述的两条线实际上有着时间上的延续关系，而不是"花开两朵，各表一枝"的讲述，小说将两条线索有机地联系起来，打破了两条线索之间相对孤立和封闭的关系，形成了开放延伸的文本结构，读者的阅读视角也必然相应地进行转换，读者的思维也必须跟着作者的叙述转换。这种双时空并置的结构方式，让小说变得迷雾重重、悬念丛生。

与读者阅读的寻找姿态相类似的是小说主人公柳东风的寻找姿态，柳东风从小对母亲为何做鞋底绣有花瓣图案的鞋子，父亲又把鞋背到哪里去，有着天然的好奇，"父亲和母亲守着一个秘密，与鞋有关的秘密。而这个秘密，柳东风碰不到，柳东风不敢再问，虽然好奇野草般疯长"。柳东风小时候好奇父亲的去向，长大以后就开始跟踪父亲，但是每次都跟丢，一直寻而不得，"那个地方仍然是个谜，那个谜一样的地方仍然吸引着柳东风。但身上累累的伤痕让他沉稳了许多"。父亲失踪后，柳东风一直找寻父亲的踪迹，后来他一直在找寻梅花军的行踪。胡学文的很多小说中都有"寻找"的母题，如在小说《麦子的盖头》中，麦子被丈夫输给老于之后，开始了逃跑和寻找的道路，麦子始终幻想着从老于手中逃出去，去寻找自己的男人。中篇小说《飞翔的女人》中，主人公荷子在一次农贸集会上无意将女儿小红弄丢之后，便开始了找寻女儿的艰辛历程。还有《命案高悬》中吴响一直在寻找尹小梅死亡的真相，这些小说人物构筑起了胡学文笔下"寻找者"的群像，他们一直在寻找，但是一直没有找到，在他们身上呈现的是孤单软弱的个体面对强大现实的一种无奈。柳东风在寻找的过程中，将寻找的目的转化成了自己的追求和目标，妻子和儿子惨死日本侵略者军刀之下的家庭悲剧让他自觉加入抵抗日本侵略者的正义行动中，直到后来加入梅花军的抗日队伍中。和胡学文创作的其他小说中的寻找者一样，柳东风一直有着执着的信念，坚信自己能够找到梅花军，坚信能够把日本侵略者驱逐出中国，柳东风这种逆境中的坚守和找寻最终得以实现，最后柳东风找到了梅花军，并加入他们，柳东风牺牲后，柳东雨带着死去的全家人的仇恨开始了下一步的复仇之路。

当然，最后的胜利是毋庸置疑的，但是具体到小说人物的命运结局，小说《血梅花》里并没有讲，正如胡学文自己谈到的一样："我更愿意让读者自己去思考，去给人物和故事一个自己的答案，所以我设置了开放式结尾，给每个人心中都留下想象空间。"开放式的结尾打破了一般抗战小说胜利在望的完整封闭型结构，形成了一个开放的、无限延伸的文本结构，这些未完成的猜测和结论间接造成了意义上的不确定性，这些不确定性客观上成就了能动的读者，给读者留下了理解猜测的想象空间，也给文本留下了无限的可能性。抗战小说的悬疑特征往往和谍战、抗战联系在一起，就《血梅花》这部小说来说，松岛是日本特务间谍的这一桥段则带上了一些谍战元素，但是不同的是松岛是打探中国消息的间谍，同时也是一个失败的间谍，他一直没能打听到梅花军的行踪，让这部小说具有了"反间谍小说"的特色。

《血梅花》围绕抗战主题写出了血雨腥风的抗战岁月里那些如草芥般生长的山林乡野平民的生命和情感，背负着国仇、家恨、情怨三种仇恨的两位主人公，在煎熬和焦虑中，经历个体情感和民族危难的双重选择，走向了战场。在充满传奇和悬疑色彩的文本讲述中，还原了山河飘零、动荡岁月中的历史细节与真实，柳氏兄妹平民抗战、女性抗战的形象塑造，丰富了抗战英雄形象图谱，也为抗战小说的讲述方式进行了创新突破，让《血梅花》这部小说具有了更加独特的意义和价值。

第二辑

FEIXIANG YU XINGZOU

山东作家的地域文化特征

——以山东女作家群和青年诗群为例

在中国现当代文学史上,地域性文学群体的出现历来都是一个突出的文化现象,基于具体地域空间的文学场景与文学经验的研究,对于文学史、地域文化史都有重要的认识意义。作家的创作风格受地理因素的影响,这些地理因素包括经度、纬度和气候等,也有研究者提出,作家的创作风格受地域文化影响,特别是人文因素起到了更为重要的作用。综合来看,这也为同地区作家创作风格的整体特质提供了先天条件。自20世纪80年代"寻根文学"之后,以地域命名的作家群大量出现,在山东,比较有代表的创作群体是山东女作家群、山东青年诗群,他们在小说、诗歌、散文创作等方面都取得了突出的成绩。

一、山东女作家群创作概况

在当前山东文学中，女性文学已然占有半壁江山，齐鲁文化的深厚底蕴和山东人独特的生活基础，滋养培育了一代代优秀女作家。尤其新时期以来，以马瑞芳、张海迪为代表的山东女作家在全国独树一帜，70后、80后女作家群体不断成长和崛起，使山东女作家群体呈现出百花齐放、争奇斗艳的景象，成为文学鲁军不可忽视的重要力量。她们分别在小说、诗歌、散文、儿童文学等领域取得了较为突出的创作成果。具有代表性的作家有东紫、常芳、艾玛、王秀梅、路也、阿占、王韵、于潇恬、寒烟、东涯、李林芳、田暖等，她们的创作方向虽各有不同，但其作品整体上反映了时代的精神、体现了探索创新的特色，展示了山东中青年女作家的创作实力。近年来，山东女作家队伍不断发展壮大，创作实力不断提高，成为全国文学界具有重要影响和创作实力的文学群体，被称为文学新鲁军中的"红色娘子军"。她们把握社会和时代的主流，挖掘丰厚的生活资源，关注现实，关注人生，关注普通人的生活，充分发挥文学的想象力，塑造了一批血肉丰满的艺术形象，她们不断丰富文学形式和表现手法，为文学鲁军注入新的活力和希望。

纵观山东女作家近几年的创作，以齐鲁大地特别是故乡的风土人情为主题的作品特别多，比如王秀梅创作的历史小说《航海家归来》，阿占的中短篇小说集《制琴记》，紫藤晴儿的诗集《大风劲吹》，李林芳的诗集

《听螺记》，王韵的散文集《匍匐》，常芳的长篇小说《河图》，张金凤的散文集《空碗朝天》等等。《航海家归来》是一部历史小说，以12岁男孩的视角叙述航海世家6代人的航海经历和文化传承，以老曲家的第3代航海人曲拍岸归来为引子展示曲氏家族风起云涌的航海历史和现实中平淡无奇的生活场景。阿占的中短篇小说集《制琴记》关注城市进程中的老城区命运、关注海洋文化与生态、关注天下匠人。《制琴记》作为小说家阿占的处女作，于2019年9月在《中国作家》杂志一经发表，立刻引发了文坛的广泛关注，人们被颇具传奇色彩的人物、经验所打动，更被其陌生而纯粹的审美志趣所打动。《制琴记》携裹着一股罕有的侠气和古意扑面而来。小说发表不久，《新华文摘》《小说月报》《小说选刊》《长江文艺·好小说》《中华文学选刊》等纷纷进行了转载，后又入选"2019年中国当代文学最新作品排行榜"、《2019中国年度短篇小说》等多个重要排行榜与年选。有人说，阿占创造了一个文学的奇迹。之后，阿占的小说创作一发不可收，数部风格、题材各异的小说诸如《人间流水》《满载的故事》《墨池记》《孤岛和春天》《猫什么都知道》《不辞而别》《石斑》等喷涌而出，均引发关注，几乎都被知名选刊转载，入选了重要年选，给文坛带来惊喜。2021年12月，阿占凭借《制琴记》摘取第十九届百花文学奖。在小说中阿占还塑造了一系列具有古典中国文化想象的"昨日之物"，如琴、长剑、折刀、钟、高跷等。昨日之物往往属于祖传之物，不仅是个人的生命隐喻，同时还承载着时代集体的记忆。常芳的长篇小说《河图》，以20世纪初黄河岸边的济南城和泺口镇为背景，讲述了济南城从闹独立、宣布独立再到取消独立的一波三折的过程，以生动的文学形象描绘了辛亥革命时期山东的一段历史，用客观温和的笔触描写了辛亥革命时期山东民间的众生相。

二、山东青年诗群近期创作表现

自古以来，山东诗人灿若群星，涌现过很多诗坛领袖，诗圣、诗仙都在山东留下过千古名篇，"济南二安"纵横词坛千百年，近现代时期，臧克家开创现代乡土诗，孔孚被认为开当代山水诗的先河。20世纪90年代以来，山东诗坛也诞生了一批重要的青年诗人，他们扎根于齐鲁文化的沃土，既自觉地汲取传统文化的营养，又敏感地触摸当下时代的脉搏，以其朴素、深厚、扎实和坚韧的创作实践，在纷繁的诗坛格局中展示出自己独特的品格和实力，这其中的代表诗人有路也、轩辕轼轲、东涯、阿华、寒烟、田暖、陈亮、张晓楠、紫藤晴儿等。

山东诗人大都有着自己的"文学地理"，或者说"精神原乡"，李林芳的"艾涧"、韩宗宝笔下的"潍河"、尤克利的"葛家庄"，以及路也的"青青南山"。路也的诗歌一直和她幼时生活的乡村及一直定居的济南有关，有很多评论家评论说她的诗歌能在日常生活中发现诗意的人生，她一直能将繁花落尽的朴素和润物无声的诗意结合起来，她的诗让生活优雅，也让我们敬畏生活，因为在生活中有日复一日的人生以及我们生于斯、长于斯的家园。田暖出生于沂蒙山区，生活于孔孟故地，书写的主题有故乡、童年、亲人，还有城市、文化和众生。田暖近年创作的诗集《儒地》获得第五届"泰山文艺奖"（文学创作奖），这是一部对儒家文化进行传承和反思的思辨诗集,通过描写生活在鲁西南孔子故地的人们的生活日常,记录其中的传统,也思辨时代变化的泥沙俱下。田暖试图通过记录自己深入生活的感悟,叙写生活在儒地上的人们在两千多年的儒家思想和文化的熏染下,物质生活和精神生活的传承与嬗变,试图以儒地为精神原乡,诗性地呈现一个时代的生活景观、文化内涵和时代精神。在其诗集中有这么一首诗叫《圣迹图》,其中有一段诗人和孔子的对话"你革着未来的新/和世人一路争吵,一辩千年/而群山如笑,如铃如鼓/人间春服,延续着更新的长度"。田暖用日常生活化的方式和先贤进行对话,利用诗歌独特的表现力开创了新的"两创"范式。张晓楠是一位儿童诗人,他致力于儿童诗的创作,先后有多篇儿童诗发表于《人民文学》《文艺报》《儿童文学》等重要文学报刊。张晓楠出版了多部诗集,有《麦茬:记忆的梳子》《叶子是树的羽毛》《和田鼠一块回家》等。其中,《叶子是树的羽毛》曾经获得第七届全国优秀儿童文学奖。近几年,他又相继出版了《爸爸小时候》《迷路的脚丫》《一支铅笔的梦想》等多部儿童诗集。张晓楠出生在菏泽鄄城县一个离黄河不远的小村庄,那里属于黄河文化、齐鲁文化和中原文化的交错地带,他将童年和乡土植入了黄河文化的纹理中。《爸爸小时候》是张晓楠2017年创作的作品,记录的是中原地区的乡村风物和童年记忆。收录了60首饱含趣味与深情的诗歌,里面关于巷子、芝麻油、爆米花、捏面人等意象都是张晓楠对故乡和童年的一次次回眸和展望。张晓楠在接受《中国教育报》记者的采访时曾表示,每个地域有每个地域滋育的文化,每个作家有每个作家生存的文化背景。黄河的厚重与淳朴势必为在她怀抱里成长起来的作家带来丰厚的养分与供给。他自己创作的根就扎在生他、养他的这片热土上，他长期在这片土壤里汲取营养。故乡情结永远无法割舍。而张晓楠一直自觉、不自觉地用一个乡村孩子最纯洁的视角去打量她、去欣赏她、去赞美她。诗集《听螺记》是李林芳的重要节点性作品。《听螺记》是她从"青春写作"到"中年写作"的一次蜕变。李林芳将目光从自己用山峦、溪流和田园重置并建构的一个叫"艾涧"的诗歌地标中上移，定睛于与其生命唇齿相依的山水草木之上，定睛于它们的风姿和遭遇，并在其中试图以另一种眼光发现"自我"，那个终其一生都不会停止思索的存在。

山东之所以从20世纪90年代以来涌现出一大批青年诗人，这与山东深厚的传统文化、丰富的诗学传统密切相关。山东的诗歌一直在持续地发展着，古代的自不用说，到了现当代阶段则有臧克家、贺敬之、孙静轩、孔孚等具有重要影响力的诗人涌现。因此，顺着这样的发展道路，现在这些青年诗人的涌现并非偶然。山东青年诗人的涌现，还与山东一大批诗歌批评家的辛勤劳动密不可分。甚至可以说，诗歌批评家的品质，影响着诗人创作的情况。在山东的诗坛，有吴开晋、吕家乡、袁忠岳等老一辈的诗歌批评家，也有张清华、孙基林、章亚昕这样一批年轻一些的批评者，他们注重对诗人诗作的细读和批评，对当下诗歌创作的实际保持密切关注，这会对一部分青年诗人的创作起到很大的鼓励和指导作用。无论是从诗人数量、创作水准还是影响力与精神走向来看，山东青年诗群的出现已经成为21世纪以来具有代表性的文学现象之一。

三、山东作家的区域文化特征

严家炎在《二十世纪中国文学与区域文化丛书》的序言中强调，地域文化对文学的影响是一种综合性的影响，绝不仅止于地形、气候等自然条件，更包括历史形成的人文环境等种种因素，例如该地区特定的历史沿革、民族关系、人口迁徙、教育状况、风俗民情、语言乡音等。而且越到后来，人文因素所起的作用也越大。严家炎明确肯定区域文化所起到的中间环节作用，并进一步认为，即使自然条件为起始影响因素，后来也是越发与本区域的人文因素紧密联结，透过区域文化的中间环节才影响和制约着文学的。从历史发展历程看，山东作家的作品表现出强烈的人道主义风度、民本主义价值取向、道德理性主义精神、文化守成主义策略和古典人文主义理想。文学的产生、发展决定于时代、种族、环境三个要素，每个人都有自己的文化之根，对于作家而言，这个文化的根性更加重要，也更具有"根"的特性，这是作家的文化基因。作家是要从历史血脉、人间烟火中获取营养的。因而，作家的地域性，在这个时代，不仅依然存在，甚至会更加突显。山东作家还是一个有着相对固定特色的群体。山东作家创作的区域文化特征形成的原因主要有以下几个方面：

一是受孔孟儒家文化的影响比较明显，传统文化色彩比较浓郁，传统文化元素保存得比较多，社会责任感比较强。具有代表性的是20世纪80年代的"文学鲁军"，代表人物是张炜、王润滋、矫健、李存葆、刘玉堂等人，他们在当时都处在创作的旺盛时期，每个人都有拿得出手的作品，也就在那个时期，"文学鲁军"在文坛名声大振。而他们的创作又较为集中地呈现出传统和保守的特点，比如凭借《卖蟹》《内当家》连续两年获得全国优秀短篇小说奖的王润滋在创作访谈中说："只要中国还有一个农民在受苦，我就要为他写作。"这也被称为"道德理想主义"。

二是山东作家文脉深厚，源远流长，这是一个长期存在的文化现象。先秦的山东文坛，成为中国文学的肇端，《诗经》是中国文学的源头，生于鲁国的孔、孟都对《诗经》的流传与发展做出过重要贡献。古代山东文坛也出过不少的作家群，如汉魏时期的"建安七子"中有四子都是山东籍，还有唐宋时期的"济南二安"，晚清时期的王渔阳和蒲松龄等等。20世纪30年代，教育界的作家群人才荟萃，具有代表性的有三个群落，第一个是山东大学教授作家群，代表作家有闻一多、老舍、沈从文等。第二个是中小学教师作家群，代表作家有王统照、顾随、陈翔鹤、孟超等。第三个是大中学生新生代作家群，代表作家是臧克家、徐中玉、于黑丁等。

三是山东作家作品的主题和山东人的形象特点、气质类型相契合。山东作家因创作主题和创作内容的传统（或者说保守），传统文化中的家国意识、合作精神、父严子孝、夫妇和顺、手足情深等主题在山东作家的作品中都有体现。这与山东人的形象特点和气质类型相似。20世纪80年代"文学鲁军"的代表作品《古船》《秋天的愤怒》《卖蟹》《内当家》《鲁班的子孙》《高山下的花环》《山中,那十九座坟茔》，这些作品大都关注社会基层民众，坚守朴素真切的传统美德，对当时初露端倪的信仰失落、理想沦丧等社会症候给予强烈的反击。从这个角度上讲，山东作家的"道德理想主义"书写实际上是对山东道德文脉的继承和创造，这和"美德山东"

"好客山东"的时代要求也是契合的,这样的文化底蕴决定了山东的作家很少刻意地追求作品的"轰动效应"。山东流传较广的红色经典,如《闪闪的红星》《铁道游击队》《高山下的花环》《党费》《红嫂》,这些作品之所以能够经久不衰,其中人物形象得到受众的认可的原因是文学形象塑造和人性闪光点的高度统一,所以说,文学经典实际上是讲好传统文化故事的有效载体。

四是山东文学组织的扶持和推介。一个人可能走得很快,但是一群人才会走得更远。山东作协致力于打造"文学鲁军"品牌,在确定创作选题、新人新作发掘、作品研讨方面充分发挥组织作用,为"文学鲁军"的成长成熟创造一切有利条件和坚强保障。以群体性队伍的方式出现会受到更多的关注和思考,在这个过程中,大家会自觉秉承老一辈的创作传统,力求找到新的视角,写出新的故事,做出具有传承性和创新性的新的典型文本。

四、山东作家的区域文化特征对传统文化的传承与发展

山东作家的区域文化特征对传统文化的传承与发展主要有以下两个方面的表现。

一是对传统文化主题的书写和传承。从总体意义上讲,中国当代文学是社会主义文化的想象与实践,也有人说是对中华传统文化创造性转化和创新性发展的一个载体。自古就有"文以载道"的说法,文学作品在秉承"文"的传统方面,承担着保存记忆的功能。"文以载道"的核心思想,指的是思想底蕴和文学良知以及由此反映出来的社会观照的深度和广度,

体现在山东作家作品中的是对社会变化和思想变迁的纵深观照和反思。比较有代表性的是李登建、王月鹏、简默的山东历史文化散文,如李登建的散文集《血脉之河的上游》、王月鹏的散文集《烟台传》、简默的散文集《时间在表盘之外》。对"文以载道"的偏见是因为有着"文学功利主义"的影响,但是综合来看,越是优秀的作品,呈现出的人文精神和社会情怀就越多,这实际上包含了作家对个体生命的思考和个人"家国情怀"的担当,在这个过程中就实现了个体命运和民族大义的统一。土方晨的长篇小说《大地之上》中塑造的乡村干部李墨喜,通过他满怀赤子之情缔造新城的故事,写出了乡村振兴时代广大农民的真实生存状态,通过个体的思想和生活变化呈现了当代农村的发展历程。陈谨之的《鲁声玉振》,为地方戏曲立传,传承城市的文化基因,评论家称之为"民间戏曲的百科全书",最起码也是吕剧的"百科大辞典"。厉彦林的《沂蒙壮歌》每一章都有几个让人动容的普通老百姓的故事。紧紧围绕推进乡村振兴的基本内涵,以沂蒙山区的脱贫为样本,展示了中国式现代化的本质要求。王秀梅的《航海家归来》,既是一部长篇小说,也是一部传记,是一部航海家族的成长史和心灵史,通过探寻曲氏家族的历史轨迹,在虚构和真实中重返历史现场,想象和重述了20世纪中国的航海历史。阿占的《制琴记》写了青岛老城的海洋生态、建筑遗迹、啤酒文化、后工业、匠人精神等。

二是家国情怀的彰显。山东人有一种普遍的文学情结,在官员、商人、农民中间,在各个群体的人里,都有一大批文学爱好者,这大概也和山东的文化传统有关。正如孔子恢复"周礼","非礼勿视,非礼勿听,非礼勿言，非礼勿动"，"礼"在很大程度上是一种形式，是一种形式化的规约。地域文化是社会历史发展的产物，是一定区域范围内在时间与历史的积淀中逐渐形成的具有自身地方特色的精神气质与文化品格。

山东作家群的家国情怀，首先体现在书写的主题意象方面，他们的写作自觉地融入家国视野，他们站在黄河边，用家国情怀讲述着山东故事。有着自觉的文化意识和深刻的文化记忆。黄河作为孕育中华文明的母亲河，被赋予了国家、民族的隐喻，他们讲述的"黄河故事"，实际上是在塑造中华民族的"根"与"魂"，将文明古国的历史记忆和价值理念，融汇成中华文明的精髓，这里面既有上善若水、润泽万物的奉献开创精神，也有兼容并蓄、汇纳百川的开放包容精神和开拓进取、自强不息的拼搏奋进精神，黄河泥沙沉积冲击形成的鲁中南大片平原，造就了山东人吃苦耐劳、宽容大度、慷慨无私的独特素质和性格，这些精神品格也融入了山东作家的创作中，通过"黄河故事"，表现了这个古老国度的生命活力。他们的作品可能立足于鲁西南的一个小村庄，抑或是胶东半岛的一个小镇，但是这些地方都浓缩着中国改革发展变迁的整体风貌，可以从山东瞭望中国，化为中国乡土世界的一个缩影。

一方水土养一方人，任何一种文学创作的背后都需要有一片生活的土壤做支撑，尽管创作门类和风格不同，但他们都有一个共同的创作目标——书写山东、记录山东，彰显山东每一个时期的时代特色，让山东的传统文脉和当下生活都留下人文的记忆。就个体而言，每一位山东作家都是优秀的讲述者，就整体来说，他们组成了强大的"文学鲁军"。

先锋与传统的融合

——刘照如小说叙事策略论

刘照如，山东菏泽人，现居济南。中国作家协会会员，济南市作家协会副主席。曾供职于济南市文联主办的《当代小说》杂志社，担任主编。

刘照如从1987年开始在《人民文学》《十月》《天涯》《山花》等杂志发表文学作品，至今约100万字。刘照如主要从事中短篇小说写作，多篇作品被《小说月报》《小说选刊》《中篇小说选刊》等刊物和多家年度选本选载。发表在《人民文学》上的短篇小说《叶丽亚》被《小说选刊》《小说月报》同时转载。著有小说集《目击者》《鲜花盛开的草帽》《蚂蚁的歌谣》《脸上的红月亮》等多部作品。曾多次获得山东省"泰山文艺奖·短篇小说奖"。刘照如的小说通常在人性的层面上探寻人们生存的根本，用老辣的笔触，巧妙的构思，鲜活地塑造了一个个明显带有鲁西南地域特色的人物形象，具有纯粹的艺术质地和丰富的审美意味。其作品空间爆发的张力、神奇的故事性、叙述的逻辑性和结构及叙事策略的多重指向，总能让读者沉迷其中。

一、先锋与传统的融合

刘照如是从 1981 年开始进行小说写作的，1987 年开始发表文学作品，是一位在写作之路上辛勤耕耘了 40 多个春秋的"劳动模范"。早年他在《当代小说》《山东文学》《时代文学》《天涯》《山花》等多种文学期刊上发表了《以往》《梁山》《蚂蚁的歌谣》等小说，作品曾多次被《小说月报》和《小说选刊》选载。21 世纪初，刘照如的小说与时代语境同频共振，呈现出鲜明的时代特色。期间他的代表作品有《媒婆说媒》《鲜花盛开的草帽》等，此后创作的小说《制作一张相片的理由》等，则更多关注了在世纪之交时期都市人生活的迷茫和困惑。在 40 多年的文学创作过程中，刘照如的作品叙事特点体现了他对创作初心的执着和坚守，也体现了他对传统写作技法的坚持和实践，在变与不变之间呈现出来的创作内容则是他不断追寻的创新之路。特别是近年来他创作的"边缘人生"系列小说，这里面有抗战主题背景下的《蓝头巾》和《三个教书匠》，还有《红蛐蛐》《安那里》等一系列描写不同时代背景下"讨生活"人群的边缘人生。就从最近这几年刘照如创作的作品来看，从小说选材到小说叙事他都一改往日的先锋叙事格调，而是以传统小说的叙事风格呈现出来，行文也更加流畅自然，这体现出刘照如将先锋手法与传统叙事风格相融合的创作风格。

众所周知，刘照如早期的创作以先锋小说为主，他也是当时山东比较有代表性的先锋小说作家，其早期作品在形式和内容上都具有很强的先锋性。从20世纪90年代开始，随着先锋小说的落潮，许多先锋小说作家开始转型，这里面当然也包括刘照如，但是从他的小说行文中一直能看到先锋文学的影子，如评论家洪治纲所说："先锋本身就是从传统里产生出来的。没有传统的积累，先锋不可能产生，但是先锋又是对传统的一种反叛。"许多先锋小说的叙事技巧在刘照如近年来创作的小说文本中依然有所体现。主要表现在以下几个方面。

1.叙事空缺

通俗地说，叙事空缺是一种叙述策略，一般是指故事发生的某些事件在文本中没有叙述出来。有人说这是一种文本缺失现象，但这种缺失只是呈现出一种非连续性的状态，打破了故事的因果关系，故意空出来的一环，或者说是一种不写之写，是海德格尔所说的那个"不存在的存在"。而从文本接受的角度来说，叙事空缺对读者提出了较高的阅读要求。按照阐释学的理论，伽达默尔认为，读者不是文本内容的单纯被动的接受者，他们可以通过对叙事空缺的填补，和作者一起参与文本内容的创作，从这个意义上讲就是"一千个读者有一千个哈姆雷特"，进而产生"余音绕梁"和"话外之音"的阅读效果。刘照如的小说《杨红旗》描写了一个嫁到安那里村的美女——杨红旗的故事，在相对保守封闭甚至贫瘠落后的安那里村,披着垂到腰际的长发,有着水蛇一般的腰肢,还散发着一种奇香的美女杨红旗,成了安那里村的一道风景,也成了男女老少尤其是女人口中的谈论对象,她的一举一动也成了大家关注的焦点,当然她也成了乡村女人中的"另类"。杨红旗不会像村里的其他女人一样下地干农活,也不会生孩子,生活的日常就是梳头照镜子或者对着镜子往脸上抹雪花膏。通常这样的女子是肯定要发生故事的,就像《白鹿原》中的田小娥,同样,杨红旗的故事也应该无非就是红杏出墙或者与人私奔,而在这篇小说中,却只是讲述了杨红旗在安那里的生存和毁灭,失踪前是"风情万种、美妙绝伦",失踪回来后是"黯然神伤、神情落寞",腰身变得僵硬,一头长发也掉光了,之后变成"秃瓢"的美女杨红旗就从安那里村消失了。杨红旗第一次失踪的9个月去了哪里,这9个月她经历了什么,小说都没有讲,村里也有很多猜测,不过那终究是猜测,最后杨红旗的结局是什么,也不知所终。如果说小说最后的结局是刘照如设计的敞开式的文本结构,那么杨红旗失踪的这9个月就是刘照如设计的叙事空缺。如果说杨红旗是红杏出墙或者与人私奔,那么这个人是谁,她是什么时候遇到的这个人,跟这个人去了哪里,这期间她经历了什么,是什么样的经历让她回来后变得少言寡语、头发逐渐掉光的,这些所谓小说情节进展的"核心要素"作者都留下了叙事空缺。

在《哭帮腔》中,刘照如大胆使用了这种叙事留白,首先是那个突兀地出现在葬礼上的外乡人来自哪里,是什么背景,什么身份,他为什么哭,又为什么死,这些作为一个故事理应具备的关键元素在小说中都没有出现。刘照如的留白式小说，或者说迷宫式小说，让人不自觉联想到弗拉基米尔·纳博科夫被誉为"超小说"的作品《微暗的火》，它讲述的是一个人牵强附会地给《微暗的火》这首诗做注释，将自己传奇而惊险的逃亡经历硬加到诗歌的注释上面，进而使整部小说呈现出非连续性以及时空的跳跃和倒错。这些谜一样的叙事空缺留给读者无限遐想的空间，也赋予了解读小说文本的多种可能性。

刘照如在创作小说时喜欢在文本中制造叙事空缺，这展示了他对故事的剪裁取舍和对语言表达的控制能力，比较有代表性的作品就是短篇小说《叶丽亚》，评论家马兵猜测这篇小说的题目或许来自20世纪90年代颇为流行的那首叫作《耶利亚女郎》的歌曲。从题目到内容，这篇小说设置了多处留白，小说用雨中骑车、久别相逢的聚餐和二十年后的相逢这三个片段将整个故事串联起来，其他的所谓"相对重要"的情节小说都没有讲述。

2.开放式的文本结构

有人说，读刘照如的小说是一件费脑筋的事情，他的小说有时是疑团丛生，有时是戛然而止，还有时具有多种解释的可能性，这种开放式的文本结构赋予了读者思考和参与其中的主动权，开放式的文本结构也因为自身的不确定性失去了独断的权威，这些片段式的猜测和结论造成了小说文本本身意义的不确定性。这样的文本呈现形式对读者提出了一定的要求，这里的读者不再是被动的接受者，而要变成主动参与的创造者。

刘照如在小说《杨红旗》中写到杨红旗的头发掉光后，全村人看到她的"秃瓢"之后，杨红旗就从安那里村失踪了，她去了哪里，后来怎么样了，留给了读者无限遐想和思考的空间。小说《火车站广场一笑》讲述了在济南老火车站卖茶叶蛋的小姨的一生，小姨自11岁开始在济南老火车站卖茶叶蛋，一直缩在济南老火车站广场的一角经营着她的人生，随着济南老火车站的拆除，小姨也随之神秘失踪了。这种多可能性的开放式结尾营造了小说较强的神秘性，同时也让小说有了多种阐释的可能性和想象空间。在小说《叶丽亚》中刘照如叙述了"我"和叶丽亚20余年的情感迷雾与命运纠结，充分运用小说叙述的不确定性，将开放式的文本呈现给了读者。

3. "元叙事"视角的运用

刘照如小说作品的另外一个先锋特点就是叙事主体的多层次性和"元叙事"视角的巧妙运用，他以这种"元叙事"视角的叙述方式颠覆了传统小说的写作法则。小说的传统讲述一般在叙事中尽量隐藏起人为的叙事痕迹。但是在刘照如的很多小说作品中，则故意在文本中呈现人为的叙事痕迹，例如小说《蓝头巾》开篇第一句话——"这是我姨姥姥在1928年暮春的一天上午经历的事。"《火车站广场一笑》的开头——"我姥爷家姓谢，我小姨名叫谢海棠。"这样的讲述直接表明了自己的叙述行为。刘照如在他的小说创作中频繁地采用这种叙述方式，叙述者往往是事件、生活场景或故事情节的参与者或目击者，他们的身份不是游离于情节之外的，有的是置身于情节之中，或者本身就是作为情节的构成因素存在。这样的叙述者可以观察，可以评说，甚至可以进行一些猜测进而改变小说的发展方向。在小说《红蛐蛐》的结尾，安茂强趴在地板上睡着了，他老婆不知道他怎么了,详细了解安茂强"瞌睡病"来龙去脉的"全知全能"的叙述主体"我"对安茂强老婆说"他睡觉了"。这样意味深长的讲述似乎预示着安茂强另外一个故事的开始,也似乎意味着这个故事的终结,给小说留下了无限的解读空间。小说《鲜花盛开的草帽》叙述了"我"的三姐刘秀梅喝农药自杀的经过,小说以第一人称的一个旁观者的追叙角度讲述了刘秀梅自杀的经过,用近乎冷静的"零介入讲述"策略描写了刘秀梅喝农药之后的场景:"刘秀梅被放在一辆地排车上,放在人民医院的大门口,刘秀梅的身上盖着一条白被单,被单蒙着她的脸,那双宽口布鞋穿在刘秀梅的脚上很不合适,它显得太小了。"这篇小说的主体应该是刘秀梅和王好学的爱情,但在小说中只是通过叙述者的口吻讲述了刘秀梅和王好学在初夏河堤相会以及在风雪夜里王好学送刘秀梅回家的场景,关于他们恋爱的其他情节小说中模糊不明。

二、传统风格

作为一名在先锋文学的热浪中摸爬滚打过并卓有成绩的小说家,刘照如素来讲究写小说的技巧和叙事手法,对短篇小说的创作具有独特的造诣。近些年他创作的小说尽管还保留着先锋小说的一些意味和形式,但现实性和乡村性等传统风格,已经成为他更突出的特性。

1.关注乡土人物里的"边缘人生"

刘照如近年来创作的小说题材更多关注的是乡土人物里的"边缘人生",在《鲜花盛开的草帽》和《老荒的爱情》这两篇小说中,刘照如将视角投向了被生活重压逼迫到社会边缘的弱势群体。即使是像《蓝头巾》《三个教书匠》这样的抗战主题背景下的小说，关注的也是时代大背景之下的一些底层民众、小市民、教书先生甚至包括被裹挟在战争中但是反对侵略战争的日本民众。这里面有小说《蓝头巾》中的吃着"麻甜"、牛肉，喝着老白干，过着"绝户吃"生活的张相本，街头玩耍的市井小民兰兰。还有小说《三个教书匠》中安分守己的教书匠苏良，以及被迫参与侵略战争的"日军逃兵"。小说《杨红旗》讲述的是另类乡村美女的命运悲剧，小说《红蛐蛐》的主人翁安茂强则是靠着出卖劳动力一直在生存边缘挣扎的底层打工者。小说《火车站广场一笑》讲述的是在济南老火车站广场卖茶叶蛋的小姨的一生。但是就是这样一群生活在社会边缘的人们，依然保持着内心的纯洁、天真，以及对爱情、亲情、友情的渴望，也同样怀揣着对幸福生活的幻想和憧憬。小说《蓝头巾》中那条丝绸材质的蓝头巾，是兰兰梦寐以求的美丽装饰，是大玲一年四季不舍得摘下的"美丽衣裳"，是那个年代花季少女追求的美和时尚的象征，在战火纷乱的年代，花季少女的性命连带着女孩子们这样纯真和美好的愿望一起惨死在了明晃晃的刺刀之下。刘照如总能从社会历史的大事件中发现发生在其中或者背后的个体的悲剧。刘照如近年来创作的新写实小说，善于讲述个体的卑微平庸生活背后的诗意和温暖的空间，哪怕这个空间是短暂和转瞬即逝的。如在小说《鲜花盛开的草帽》中，他这样描写刘秀梅的草帽："刘秀梅的草帽是用细竹篦子编的，那些细竹篦子上插满了紫丁香花，密密麻麻的足有上百朵，现在草帽漂在水上，那些紫丁香花开得正好。"这顶美丽的草帽为刘秀梅枯燥的人生增添了一些美丽和神奇的生命色彩。小说《火车站广场一笑》中的小姨在卖茶叶蛋的一生中也曾因为面容姣好有过一次演电影的机会，电影播出后还引起了小范围的轰动，尽管这种生活的微澜对她的生活轨迹和命运走向没有起到任何改变作用，但为最后关于她出走的猜测做了一些铺垫。

2."民间说史"的讲述风格

无论是《安那里》《杨红旗》《红蛐蛐》等围绕"安那里"村发生的乡土故事类小说，还是《火车站广场一笑》《蓝头巾》《三个教书匠》等发生在济南市井街头的抗战主题背景小说，讲述的都是纯正的中国故事。刘照如算得上对齐鲁大地风土人情体悟较深同时着墨较多的山东当代较为活跃的作家之一，他对鲁西南地域的风土人情、文化底蕴以及老济南街头的市井人生涉猎颇多，令齐风鲁韵如墨透纸背一般，浸润进了他的小说作品中。怎样讲好发生在自己身边的中国故事，是很多有艺术追求的作家不断进行的艺术实践。有学者曾说，每位小说家都会自觉不自觉地勘测与这一问题的切线，从而明确自己讲述中国故事的路径和方法。从这个角度上，如果要给刘照如的小说找一个切线的话，那么这个切线就是对齐鲁大地风土人情锲而不舍的追寻和描摹。他的很多小说故事都发生在一个叫"安那里"的小村庄，那么这个"安那里"到底在哪里呢？他在小说《红蛐蛐》中这样介绍："那时的曹州还很小，还不叫'市'，叫'县'，但是在安茂强眼里，曹州很大，恐怕除了北京、上海、哈尔滨、烟台，就数曹州大了。主要是曹州离我们的村子近，大概只有四十里路，我们的村子叫安那里。"

在小说《安那里》中那是一个盛行"麻盖"游戏的村庄，在小说《杨红旗》中，安那里是美女杨红旗嫁过来的村子。如果说要绘制一张刘照如的文学地理图册的话，那么这个位于曹州附近的小村庄"安那里"便是刘照如文学地理版图的起点和原乡。由此出发，他接着写到了小说《蓝头巾》《老东门的一天》《火车站广场一笑》中的老济南市井街头和风俗俚语，小说《蓝头巾》中的兰兰家住在老济南商埠区经四路槐安里的北口，小说《火车站广场一笑》中小姨的家住在济南老火车站后面的官扎营五路巷南端，小姨从小就在济南老火车站广场玩耍，也是在这个广场上开始了卖茶叶蛋的一生。

  从刘照如的文学原乡出发，他按照传统传奇文体的写法，为民间人物立传，以小人物的悲喜人生展现大历史时代的波澜。在小说《蓝头巾》《三个教书匠》《红蛐蛐》等作品中，他用一种野史杂传的笔法为众多小人物画像立传。在小说《蓝头巾》中，刘照如写了两个被侵略战争吞噬的花一样的少男少女，在不谙世事的年纪被卷进无情的杀戮当中。在小说《三个教书匠》中他写了中国乡村私塾教书先生和被迫参与侵略中国战争的日本私塾教书先生，两者均没有逃脱被侵略战争吞噬的厄运。以上两部小说从中国市井百姓和日本普通民众的视角，来反观日本侵华战争给两国普通民众带来的伤害以及苦痛。而在小说《安那里》中，刘照如则是写了一种叫"麻盖"的游戏，游戏的背后呈现的是那段时代的独特镜像，即通过个人的经历见证一段时光和历史。在小说《红蛐蛐》中他更是直接写了一直挣扎在生存边缘的小人物安茂强的一生。用当下流行的话讲，安茂强是个十足的"吃货",他的肚子里好像长了馋虫,贪恋一切可以吃的东西,小说故意夸大了他吃东西的范围,包括活着的知了龟、半干的蚯蚓、"吃了会致癌"的鸡屁股,在这个夸大讲述的背后呈现的是小人物安茂强生活的不幸和命运的悲苦,也讲述了一代人从解决生存问题到逐渐温饱的追逐过程。这样一种将时代历史和小人物命运结合起来的讲述方式构成了刘照如小说呈现出来的独特叙事策略。

三、结语

刘照如早期的作品较多地描写现代社会里城市生活的荒诞不经与错位茫然,近几年他创作的小说主题主要探索的则是现代都市人的生存困境。在讲述方式上,他将先锋手法和传统题材较为有机地结合在一起,具有代表性的就是小说《红蛐蛐》。

刘照如近年来的文学实践在佐证着这样一个不能忽视的文学现象或者说创作经验,继承并创造性地转化当年的先锋文学经验,对于当下的文学叙述是可以实现的。有人曾说:"刘照如以其先锋性的小说暴露了他是一位有野心的英雄。"那么现在他秉承着先锋文学的叙事经验,又创造性地转换了中国传统叙事的笔法,在叙事策略上进行了多方面的探索,相信在未来的创作道路上,刘照如会在传统题材和先锋手法的融合中,一路向前。

融融·童年·外祖母

——《爱的川流不息》《我的原野盛宴》中的"外祖母"形象探析

"时间里什么都有，痛苦、恨、阴郁、悲伤；幸亏还有那么多爱，它扳着手指数也数不完，来而复去，川流不息。唯有如此，日子才能进行下去。""我"听了外祖母的教诲，不再想那些恨人的东西，因为恨人的东西想多了，会做噩梦的，还因为尽管可恨的东西有很多，但可爱的东西有更多。"我"细数了那些"可恨的"以及"可爱的"，最后得出结论："可恨的"有六七个，"可爱的"太多了，多到数不过来。"我"被亲情、友情、乡情、爱情包裹着、滋养着，战胜了恐惧和磨难，对生活和未来充满了希望，就像"我"和"我"的宠物猫融融。

这是张炜新作《爱的川流不息》中的外祖母对作者的"爱的教育",张炜在谈到这本书的创作时说,这是一部非虚构作品,里面所记录的一切都是真实的。是的,融融是张炜家养的猫,小说就是从融融的到来开始讲起,融融的到来唤起了作者对儿时饲养的玩伴小獾胡、花虎、小来的记忆,这些记忆里有爱和温馨的味道,伴随其中的是对外祖母、爸爸妈妈、儿时玩伴壮壮的思念,也有对伤害小动物们的"黑煞"们的愤恨,在外祖母宽容仁爱的感召之下,"我"明白爱是人们生活下去的勇气,唯有爱,才有希望、才有温暖、才有力量,才会有值得期待的未来。

"我"的童年和少年时期都是跟随外祖母生活的。因为父亲在南边大山里被监督劳动,妈妈在园艺场里做临时工,每两个星期才回来一次,所以"我"是被外祖母带大的孩子。外祖母照顾"我"的饮食起居,还带给"我"无数奇妙而且充满哲思的人生故事,更重要的是外祖母帮"我"照顾"我"带回来的小獾胡、花虎以及小来等小动物。外祖母在逃亡、饥饿甚至濒临死亡的生存困境中,来到林野中的那座茅屋。"外祖母真正的悲苦一定是从失去外祖父的那一天开始的,从这一天起,她必须一个人离开原来的居所,带上最简单的物品,去遥远的林野里生活。这是躲藏,是对付绝望和悲伤的方法,后来才知道,无论是人还是动物,都采用过这种方法。"外祖母在生命的绝境中为"我们"撑起一个家,保护一个即将离散的家庭,为同样处于人生绝境的女儿女婿提供一个在黑暗现实与烦恼人生之外的遮风挡雨的精神庇护所,同时用辛勤的劳作、丰富的生存智慧及坚韧的生命毅力照顾着他们不断向前的人生道路。在《爱的川流不息》中外祖母是中国传统母亲形象的化身,是具有造物主精神的"大地之母",同时还是传递爱与温暖的代际传承者。

其实在张炜之前的一部长篇非虚构小说《我的原野盛宴》中,记录的也是"我"儿时和外祖母一起生活的时光,只是小说《我的原野盛宴》中,记录的野物趣事及林中的植物动物更加地丰富,外祖母更多地扮演着一位智慧老人和成长导师的角色。这样的两部作品共同构成了相对完整的"外祖母"形象。在张炜笔下,外祖母是中国传统女性的化身,她勤劳朴素、贤良淑惠,同时也具有隐忍坚韧的生存智慧,更重要的是,她是顺势而为、与生活和谐共生的爱与美及智慧的化身。

一、"仁义"之爱的中华传统文化内涵

在传统叙事中,女性一般是作为男性的附属品出现的,她们在生活上附属于男性,性格一般表现为温柔、内敛,像花木兰、穆桂英这样抛头露面的女性非常少。在小说《爱的川流不息》中,外祖母是作为一个独立的女性支撑一个家,这和中华传统文化中对男性和女性的一般认知不同,她面对苦难时的隐忍和坚强,实际上彰显了母性柔中带刚的一面。外祖母对待过路的渔夫、猎人和"我"带回来的小动物都充满仁爱之心。如我们都熟知的一样,"仁"的核心内涵是"爱人",儒家强调,要以人类最基本的血缘亲情之爱为起点,由此及彼,由近及远,把关爱的对象逐步扩大到所有生命和世间万物,由此建立人对世界的普遍性道德关怀。这是"仁者爱人"的第一层含义,一般意义上讲,品德高尚的人必须拥有一颗善良的

仁爱之心，关爱他人，为他人考虑。在《论语》中，孔子多次提及"仁"，而"仁"已经不仅仅是指特定的某一种品德，而是泛指人的所有德行，即"品德完美"。张炜始终把握着中华传统文化精神的审美向度，自踏入文坛以来，塑造了一系列鲜活的人物，其中不乏具有仁义之心的典型人物，而作为母性代表的"外祖母"形象则是第一次出现。

外祖母在"我"的生活层面上担任了慈母的角色，小说《爱的川流不息》中的外祖母具有传统女性的文化特质，她具有传统女性的勤劳贤淑和仁义善良，外祖母带给"我"的是一个温暖幸福的家，带给爸爸妈妈的是一个躲避风雨的港湾，她是爱的源泉。通过日常生活的点滴，外祖母告诉"我"要记住爱、忘却恨和苦难并传递爱，从而使爱川流不息，外祖母身上带有的传统女性的文化特质以及背后的中华传统文化内涵则是爱的根基和源泉。

1.厚德载物的处事之道

因为外祖母喜欢热情待客，家里的客人非常多，同时收获的快乐和故事也非常多，采药人老广、送给"我"小狗花虎的老人、壮壮爷爷以及路过的猎人，皆是因为外祖母的热心和善良而来到"我"家，成为远亲或者近邻。"外祖母会亲手造出许多宝贝，然后悄没声地藏在这里。经常路过我们家的采药人、猎人和渔人，他们进屋喝水抽烟，拉家常。"在这群散居在林子里的人们中，我们仿佛看到了一个充满爱与善、尊重和理解的"和乐之家"，他们在贫困的年月里，抱团取暖，共同抵御随时都有可能到来的天灾和人祸。当然如果遇到如"悍妖"般的恶人，他们也会坚韧地与之战斗。以外祖母为代表的在山林中生存的人们，都有如大地一样宽广的心胸，能包容世人，也懂得和小动物及大自然和谐共处。这是建立在仁义基础上的厚德载物。他们以宽容的精神与包容的心态，以极其仁慈的爱心来对待自己的同类，以至一切有生命的事物。外祖母在这里是拥有宽厚包容心态，自觉进行自我道德完善的传统女性化身，有着一种天然的博爱的母性光辉，这是在中华民族广袤的大地上熏陶而成的优秀传统文化精神的呈现。她的仁慈、豁达、博爱超越了一己私欲，以一种善意与包容之心化解了命运的苦难和生活的悲苦，同时也让身边的人能从她的宽厚与博爱中获得新生的力量。

2.隐忍豁达的生存哲学

无论是在小说《爱的川流不息》，还是在小说《我的原野盛宴》中，山林中的动物、植物都成了读者关注的焦点，融融、花虎、小獾胡、老呆宝如一个个鲜活的生灵出现在我们眼前。有人统计，在小说《我的原野盛宴》中描绘了360多种动植物，堪称一部半岛动植物志。而将这些得以呈现出来的是一位充满生活智慧的老人——外祖母。外祖母用她的勤劳为全家人及家养的小动物获取吃食的同时，也用坚韧不屈的生存智慧守护着一家人的平安周全。外祖母能在生活极其拮据的年月，变出丰盛的食物，这是因为她拥有勤劳的双手和丰富的生活经验。"妈妈说你外祖母啊，只要给她一点地方就饿不着，她那双手太巧了。"外祖母还擅长酿酒，做鱼汤，做果酱，做槐花饼、南瓜饼和地瓜饼，还有黄蛤面条，外祖母是找蘑菇的好手，更是种种子的能手。外祖母是找柳黄的好手，她只要背着手到老柳树林里转悠一会儿，回家时就能变戏法一样从袖口里抖出一个小孩胳膊那么粗的柳黄。但凡播种和收获的劳作，外祖母无一不精通。因为她懂得从山林中获取生机，这是顺应自然、适者生存的生活理念，也是纯朴的道家理念：道法自然、天人合一。顺势而为、天人合一、道法自然的生存哲学，实际上和张炜一直秉承的尊重自然、人类和一切生命形式的理念是相通的。

顺应并不代表着逆来顺受，当"黑煞"几次三番地来到"我们"的茅草屋挑衅时，外祖母不卑不亢地沉着应对，对邪恶势力构成了一定的威慑，也让晚辈们不再那么胆怯。"黑煞"来捉小獾胡，要拿小獾胡做一顶野狸子帽，"黑煞"死死盯住外祖母，并大声吃喝着要外祖母"立正"，但是"外祖母像没有听到，还是重复那句话：'是我家的猫呀！'""黑煞"还是大喊大叫地让外祖母"立正"，但是外祖母还是没有反应，并且冷着脸告诉"黑煞"去林子里打野物，而不是到"我"家里来打"我"家的猫。就这样，外祖母用正义和威严赶走了"黑煞"们对小动物们的捕杀，用隐忍和智慧保护了小獾胡和花虎。这是坚韧但不懦弱的生存哲学。这里面包含着和而不同的生存智慧和不屈不挠的抗争精神以及刚健有为、自强不息的传统精神。

3.人生哲理的代际传承者

如果说外祖母是传递慈爱亲情的感情纽带的话，那么在小说《我的原野盛宴》中，外祖母则是传递人生哲理的智慧老人。小说《我的原野盛宴》中外祖母是"我"认字的启蒙老师，外祖母有一只大木箱，里面装满了书。外祖母也传授给"我"生存的技能。外祖母的智慧不同于神话传说中持有宝葫芦的白发老者,她没有变幻无穷、呼风唤雨的超能力,她的人生哲理都是建立在人生阅历之上的思考和总结,是一种体悟和参透。当"我"为银狐菲菲的离去而失落,还认为只要"我"对它好,银狐就会信任人类的时候,外祖母说银狐不会相信人类的,因为人类当中有猎人,"我"说"我们"都不是猎人,外祖母告诉"我",只要人群中有一个猎人,狐狸甚至其他动物就不会和"我们"成为朋友。外祖母教"我"如何采蘑菇,她告诉"我"采蘑菇不仅不能只从模样上看,还千万不要去试蘑菇。外祖母教"我"种种子,"我的好孩子,活儿不是这样干的,你要留心一些,慢慢来,种一棵活一棵。"外祖母将这些人生信条在日常生活中耳濡目染地传递给子女儿孙。

二、"外祖母"形象的叙事学意义

1.张炜笔下的"外祖母"——被遮蔽的传统母性言说

从发生学的意义上讲,"外祖母"的原型和形象在自古以来的文学作品中出现过很多次。在中国的创世神话中,人类的创造者女娲,是一个有着传统女性文化特质的美丽女神,她温情而有神性,以自己的形体为模本,创造了人类,是人们记忆中最早的一位母亲形象。从中国最早的女神原型中分析,女娲同时具有母亲和女性的特征。但就"祖母"这样的掌家老人来说,她们往往是高高在上端坐在权力身边,是家族权威、家庭地位和尊贵出身的象征,对于晚辈来说更是不可以有半点僭越的权威。如小说

《红楼梦》中贾母的形象，就是当家祖母的典型代表，而在一些文学作品和大众的阅读经验中，年轻美貌的少女或少妇主人公远远多于老年女性主人公，她们的形象往往是美丽且善良的。而老年女性的形象则往往被丑化、恶化，她们往往是以豆蔻少女或者是青年恋爱男女的对立面呈现在文本中，在青年男女相爱的过程中扮演阻挠者、破坏者。她们一般长相凶煞、形象干瘪、行为乖张、心理阴暗、性情苛刻，还往往擅长装神弄鬼。例如《孔雀东南飞》中横暴专行的焦母、《西厢记》中背信弃义的崔老夫人、《水浒传》中势利贪财的阎婆与王婆等。在西方最能表现集体无意识心理的童话与民间故事中，也大量出现恶毒的继母、巫婆和悍妇的老年女性形象。常见的故事模式之一，是纯真的少女主人公在陪伴她的中老年女性的邪恶说教或阴谋下险些误入歧途，最后会有一个勇敢无畏的高贵少年冒险救出了少女，而中老年女性受到了惩罚。中老年女性作为母亲的形象本该带有的慈爱、善良、温情、高贵和典雅这类特质被弱化或者说被遮蔽。而在张炜的《爱的川流不息》《我的原野盛宴》这两部作品中，重新呈现了"外祖母"被遮蔽的母性形象特质，并在哲学层面进行了升华和提升。

2.时空转换的形象代码——联结回忆的叙事符号

从文学作品叙事学的角度来说，在小说《爱的川流不息》中，外祖母承担起了联结回忆和现实的媒介和桥梁，在我现在养的融融和儿时养的小獾胡和花虎中间完成时空转换。"因为融融的到来，它的呼噜声，让我再次想到许多年前的夜晚"，作者就这样回到了儿时的记忆中，回到了有外祖母和小獾胡陪伴的时光。"我"的思绪又回到了许多年前的那个中秋节，仿佛此刻怀抱的正是小獾胡。外祖母过中秋节与今天过中秋节是不同的，外祖母是最重视节日的，春节、元宵节、端午节这样的大节和冬至、立春这样的节气，外祖母都会按部就班地进行准备。正是有了外祖母照顾"我们"一家人生活的温馨回忆，"我"才有了爱的源泉和动力，"我"才有了将爱延续下去的川流不息。也只有回到外祖母的怀抱，"我"才算是真正回到了儿童时代。也正是因为有了外祖母的存在，作者才可以实现从一个耳顺之年的老人到垂髫孩童的叙述角度的切换，而不是将小说单纯地写成了回忆录。

三、结语

实际上，小说中外祖母的形象和张炜一直秉承的创作理念是相通的，外祖母对邻居和小动物及山川河流的态度，其实是表达了作家本人对人类及一切生命形式和自然的亲近和尊崇，是一种人与自然和谐共生的认知体现。高尔基在《童年》中这样形容外祖母："她引导我看见了光明，她使我把周围的一切都联结了起来，编织成了一个色彩绚烂的大花环。没过多久，她便成了我终生的朋友，成为最体贴我的人。她对我非常了解，我也对她非常尊重，她对世界、对生活都充满了无私的爱。这种爱使我感到充实，使我对生活充满了信心。"在张炜的这两部作品中，外祖母是衣食之源，是成长之根，是生活层面的爱的源泉。外祖母所呈现的"仁爱""厚德"品质则是文化层面的爱的源泉。"她"的文学意义更在于开拓了一般创作层面上被遮蔽的具有文化和哲学内涵的传统母性形象。

在纯真的诗性中成长
——山东青年儿童文学创作综论

美国诗人沃尔特·惠特曼有一首诗《有一个孩子向前走去》，诗里说："有一个孩子每天向前走去，他最初看到的东西，他就成为那东西，那东西也成了他的一部分……"给孩子一个怎样的童年，他就会有一个怎样的人生。其实，多数人的人生启蒙都是从童话故事开始的，《海的女儿》教会我们善良，《快乐王子》让我们感受到无私，《渔夫与金鱼》教育我们要懂得节制，《木偶奇遇记》告诉我们一定要诚实，《哪吒传奇》和《葫芦娃兄弟》让我们看到了担当的意义。正如有人所言，健康的儿童文学作品才是孩子健康成长的有效养分。山东的儿童文学事业起步较早，在早期取得了引人瞩目的成就，形成了一支老中青三代的儿童文学创作队伍。既有萧平、李心田、邱勋等一批创作经验丰富、享誉文坛的老作家、老前辈，他们创作的《闪闪的红星》《微山湖上》等作品在山东乃至全国儿童文学创作中都具有里程碑式的意义。也有张炜、刘海栖、朱自强、卢振中等实力派作家，在儿童文学创作上取得了骄人成绩。近年来，张炜推出了长篇童话故事《半岛哈里哈气》《少年与海》，刘海栖创作了《无尾小鼠历险记》《爸爸树》等长篇系列童话故事，其中《无尾小鼠历险记·没尾巴的烦恼》获得了第九届全国优秀儿童文学奖。山东还有一批如郝月梅、霞子等承前启后、日趋成熟的中年作家，更有张晓楠、米吉卡、莫问天心、刘北、少军、鲁冰、英娃、青梅、雨兰等一批创作实力突出的青年作家。他们近年来一直保持着旺盛的创作势头，充分发扬童话故事的传奇性，将中华传统文化、民间习俗等中国元素融合到儿童文学作品中，用充满哲理和诗意的叙事手法以及直面现实、坚守人文关怀的艺术品格，为儿童文学发展进行着不懈的探索和创作，用充满想象的文字书写着充满希望的成长篇章，不断打造少年儿童成长的精神高地，为少年儿童的成长撑起一片七彩的天空。本文即以张晓楠、莫问天心、米吉卡、英娃、刘北、少军、鲁冰等青年作家为例，对山东的青年儿童文学创作给予综合论述。

一、乡村田园的纯真牧歌：张晓楠和莫问天心的儿童诗歌

张晓楠是一位致力于儿童诗创作的青年作家，他的儿童诗歌情感饱满、语言纯净，跃动着珠玉般的亮丽光彩。第七届全国优秀儿童文学奖评

委会发布的获奖评语,概括了张晓楠儿童诗歌的特点:"张晓楠大睁着一双寻美的眼睛,注视着这个世界,对山川、树林、四季景色给予了充满童趣的描绘。他以心灵拥抱故乡、土地和亲人,用清纯的诗句构建了一个温暖和谐、无比丰润的世界。那些远去的生活记忆也因为童心的观照,闪耀着鲜丽的色彩和跳动的韵律。"张晓楠的儿童诗歌清新、透明、空灵、谐趣,既有极富情趣的林间小品、四时童话,又有淳厚天然的乡间美景、童年记忆,更有对民工兄弟、留守儿童的饱含深情的记挂,具有浓郁的人文关怀。他将"儿童性"充分而又艺术地融进了"诗性"之中,使二者完美结合。他特别擅长意象的营造、意境的烘托、想象的升腾和情感的飞扬,他创作的诗歌既有浓浓的乡村情愫,又有洁净纯真的儿童世界,展示了独特的意象性和独具匠心的构造力。张晓楠先后有千余篇(首)儿童文学作品发表于《人民文学》《文艺报》《儿童文学》等重要文学报刊,出版诗集《麦茬:记忆的梳子》《叶子是树的羽毛》《和田鼠一块回家》等。儿童诗集《叶子是树的羽毛》曾荣获第七届全国优秀儿童文学奖等荣誉,并被中国现代文学馆收藏。最近几年张晓楠先后在《儿童文学》《少年文艺》《诗潮》等重要期刊发表多首儿童诗歌,他的儿童诗成为儿童文学领域一道独特的风景。

张晓楠在他创作的儿童诗歌中,构筑了一个带有浓郁乡情的乡村世界,我们能看到裹着小脚凝望儿孙的奶奶、能看到父亲母亲的劳作和希望、能看到孩提时代一起嬉戏玩耍的伙伴。诗集《和田鼠一块回家》中有一组诗篇名曰《乡村吆喝》,包括《鸡蛋换杏喽》《破烂换糖哎》《赊鸡崽喽》《磨剪子嘞戗菜刀》等几首诗歌,看到这组诗歌时,我们仿佛听到了从村巷里传来的一声声悠长的吆喝声,仿佛回到了围着乡村货郎的孩提时光。现在这样的吆喝声即便在乡村也不常见,或许只有在看到张晓楠笔下的这些诗歌时,才能唤起我们这些儿时的记忆,回忆起贫穷但快乐温暖的童年。

《在麦茬地凝望》是张晓楠比较有代表性的一首诗歌,表达了他浓郁的思乡情感:"总喜欢/到夏天的麦茬地/凝望——凝望/那些新长的绿苗/那些套种的庄稼/偶尔夹杂的/点点黄花/多么像/母亲纳好的鞋底/一针一线/密密麻麻……有好多时候/梦见自己/赤着脚在走/那枚银针/一不留神/把乡情刺破。"

张晓楠先从孩子能读懂的儿童视角,通过麦茬地表达了对故乡的思念。凝望麦茬地,"多么像/母亲纳好的鞋底/一针一线/密密麻麻……"母亲纳的鞋底是沉淀在内心深处最温暖的情感,就是这一双密密麻麻布满针眼的鞋底,开启了我们绚烂人生的第一步。麦茬地代表着最伟大的母亲形象,儿女无论走得再远,也始终走在母亲温暖的心房上。

张晓楠的诗歌,不但儿童喜爱,大人也喜欢,他的诗歌给我们构造了一个洁净纯真的世界,带我们享受真善美,感受生活的真谛。张晓楠发表在《儿童文学》上的一组诗《季节的折页》,包括《春天的闹剧》《夏天的家事》《秋天的婚礼》《冬天的书本》4首诗歌,用田野里植物生长的状态描写四季的特点,让各种植物以主角的身份讲述它们的生长和成熟,让孩子们看到了春天的花朵、夏天的小雨、秋天的果实、冬天的雪花。单纯烂漫的孩提时光,最需要的就是无忧无虑、嬉戏玩耍,春天去赏花踏青,夏天去看海捉鱼，秋天去收获成熟的果实，冬天打雪仗、堆雪人。张晓楠的诗歌呈现出了孩子本来应该有的童年景象，是对孩子全身心的呵护和关爱，这样的诗作清新、明净、淳朴，洋溢着人性之美、童心之美、自然之美。

另外一位儿童诗歌的代表作家是莫问天心。"叫'花'却不艳丽/有花瓣却没清香/但，你有一个好听的名字/就像那个相貌平常的女孩子//像乡村常见的女孩子/背着篓/领着弟妹/梳着长辫子。"这是我读到的莫问天心的第一首诗歌，一位朴实的乡村姑娘形象立刻出现在我眼前，她是"农民最漂亮的小女儿，是黄土地上生长的金枝玉叶"，她是山东儿童文学界一位优秀的青年作家，曾经多次获得《儿童文学》"全国十大魅力诗人"和《少年文艺》"好作品奖"等国内诸多儿童文学奖项，在她的儿童文学作品中，最有代表性的是儿童诗歌，她的儿童诗歌抒发性灵、用源自内心的爱召唤人们内心深处的温润情感，同时她以淳朴的语言和情感联结儿时的记忆和当下的生活，作为从农村走出来的儿童诗人，她的诗歌具有纯真、质朴、坚韧的乡村生命体验。莫问天心有一大批来自农村素材的作品，如《棉花》《家》《老杏树》《煮毛豆》《我的香水瓶》《和小鸟共同拥有一个家》等。她在《棉花》一诗中写道："棉花/是农民最漂亮的小女儿/是黄土地上生长的金枝玉叶。"在诗歌《土地和家》中写道："家里有地/父母就不老/那块地里长着他们的希望。"在诗歌《父亲》中，她用"没有比骑上你的肩膀更高的山/没有比你浸汗的皱纹更深的河"来比喻深沉的父爱。在这些诗歌中，莫问天心以一个乡村孩子的视角来体察世界，关注自然，感受孩童的悲喜与快乐，呈现出一个简单、阳光、自然的儿童世界。

她由对普通农作物的赞美之情，对父母乡土的爱，生发出对世间万物的爱。她的作品文字平和，感情深厚，字里行间流露着温暖的阳光气息和真切的人文精神。我们能看到她纯真的童心在字里行间跳跃，是真正抒发性灵的写作。莫问天心创作的诗歌纯真而充满诗意。她在诗歌《生命的过程》中写道："春天的阳光开始跳舞/空中画满了风筝/一个小孩子笑出声的时候/风信子绽放了最后一粒花瓣。"她在诗歌《给春天写一篇作文》中写道："春天来了/阳光一下子暖了起来/花儿说开就开了/满天满地的笑脸/蝴蝶追着香水瓶。"她在诗歌《花要长成花的模样》中写道："一粒种子种下去/会长出一棵花的芽/它就要开花/就要芬芳/就要长成花的模样。"

2013年出版的诗集《翅膀》，收录了莫问天心创作的一些儿童文学作品，共80首，分为三辑，第一辑《土地和家》写对家乡的深情与牵挂，第二辑《阳光下的故事》写人间真情，第三辑《天空是个游乐场》写童心与天性。诗集中有一个从乡村里走出来的孩子在城市中生活的足迹和对父母的深情，有对阳光和童心的温情记录，字里行间饱含着对乡村、对土地的热爱和怀恋。

有学者说："写童诗要写得精彩，绝非易事！没有掌握语言魔法的人，是绝对没有本领给孩子写诗的！"张晓楠和莫问天心用真切的乡村生活体验、独特的人文情怀，多维度切入儿童的感知世界，书写着真性灵的儿童诗作，让孩子们在纯真的田园牧歌世界里，感受亲情、感受温暖、感受阳光雨露，体验最真挚的人生情感，在温馨诗意的生活认知中成长，他们的诗歌也因此质朴体贴，与读者的心灵欣然相通。

二、天真烂漫的童稚文学：米吉卡、英娃等人创作的童话故事

童话故事是一种具有浓厚幻想色彩的虚构故事，多采用夸张、拟人、象征等表现手法去编织奇异的情节，孩子们爱读，并且能读懂。米吉卡、刘北、少军、鲁冰、英娃等儿童文学作家创作了一系列童话故事。米吉卡的短篇童话故事《盘子、筷子、碗》、刘北的《红鼻鼠智斗蓝狐狸》、少军的寓言故事、英娃的绿色童话系列等等，均以想象丰富的故事情节、亦虚亦实的童话境界、丰满立体的卡通人物带给小读者美妙的阅读感受。

米吉卡的童话故事构思精巧，视角新奇，情节富有幻想，始终坚持贴近童心，贴近人的内心世界最深处。她的语言轻快灵动，笔调温存幽默，描述丰富生动，充满诗意和童趣，读起来天真、稚气、可爱，富有情感张力和艺术美感。米吉卡在童话故事创作方面一直以惊人的数量默默耕耘着，并且一直坚持在新华书店举办"米吉卡故事会"活动，每周为孩子们讲故事，米吉卡就是这样秉承着真诚和童心认真地创作童话故事。她自2006年起开始从事儿童文学创作，至今在全国60多家报刊发表童话故事500余篇，结集出版多部文学专著和图画书。她用自由灵动的书写方式给孩子们讲述净化心灵的童话故事。儿童文学评论家唐兵这样评论米吉卡的创作："米吉卡用孩子的眼、孩子的心、灵动的笔，塑造真实不做作的孩子。"

短篇童话故事《盘子、筷子、碗》是米吉卡的一部具有代表性的作品，曾获得第22届陈伯吹儿童文学优秀作品奖，2007年收入米吉卡童话作品集《我是个坏心眼的女巫》。《盘子、筷子、碗》是一篇1000多字的童话，讲的是三个外星人来到地球的故事，其中还套了一个比特安慰弯弯

的故事，是戏中戏的结构。三个外星人来到地球，来为外星人入侵地球做前期调查准备工作，为了判断地球上有没有好吃的，他们分别变成了可以接近食物的盘子、筷子和碗，他们碰到了弯弯和比特这一对好朋友，弯弯因为失去了心爱的小狗伤心不已，她的好朋友比特为了让弯弯高兴起来，给弯弯做了很多好吃的"食物"，有肉丝饼、草莓果子、煎鸡蛋等等，这些"食物"被放进盘子和碗中，当三个外星人迫不及待地去品尝这些"食物"时，却发现这些看似好吃的"食物"其实是一些彩色的石子和沙子。原来弯弯和比特是在玩"做饭菜"的游戏，也就是我们童年时期玩过的过家家游戏。三个外星人吃到了"美味食物"——石子和沙子后，认为地球上的食物不好吃，地球也没有霸占的意义，就离开了地球。同样收在作品集《我是个坏心眼的女巫》中的《想念月亮的夹心饼干》也是一篇构思精巧的童话故事，盒子里的夹心饼干梦想着能看到月亮，但是它却遭到了老鼠的劫持。夹心饼干和老鼠展开了一段对话，老鼠让夹心饼干实现了看月亮的梦想，夹心饼干也心甘情愿地让老鼠吃了。整个故事轻松自然同时又富有戏剧性。这篇童话故事以夹心饼干的心理变化作为情节推进的线索，这可以说是米吉卡创作童话故事的创新之处，也是主要特点之一。童话创作需要表现故事情节、注重语言的形象生动，但是关注情感应该是一个更高的层次。童话贴近童心，贴近人内心世界最深的底部。如果没有童话，人会失去很多快乐，米吉卡的这篇童话，给予我们的是贴近心灵的美好的情感世界。

　　刘北多年来一直致力于儿童文学创作，用文字铸就梦想，用爱温暖心灵，用真情和爱守护着孩子们的精神家园。其作品曾获第四届冰心儿童图书新作奖、第十三届冰心儿童文学奖大奖等。近几年他出版了10多部诗集和童话集，有《云狐》《丢三忘四忘忘熊》《绿毛人奇遇》《红鼻鼠智斗蓝狐狸》等。在2010年的全国书展上，由作家出版社重点推出的儿童文学作品《红鼻鼠智斗蓝狐狸》，以奇特的情节和大胆的想象展现了红鼻鼠利用自己的机智和勇敢一次次化险为夷，一次次惩治贪婪的蓝狐狸的故事，与动画《猫和老鼠》有异曲同工之妙。

英娃以关注"边缘儿童"和"生态自然"两大主题为自己的童话旗帜，身体力行，倡导"有爱就有希望"。她的童话，将儿童的心理成长和历险奇遇融汇在一起，主人公不论是少年儿童还是飞禽走兽、一草一木，都是富有同情心、善良和乐于助人的，通过他们的故事我们能感受到生命的美好和温馨的人性之美。近年来她致力于创作以环保为主题的大自然童话和剧本，作品被称为"绿色童话"和"生态童话"，如《地球的孩子绿色童书》《野鸭皮皮》《小麻雀的项链》和《住在蓝木箱里的孩子们》等等，用两年时间创作的一套童话作品《英娃童话》是中国首套原创生态童话，包括《月光下的木偶剧院》《白雪图书馆》《长腿邮递员》《奇妙的梦幻之旅》和《蓝鲸斯巴达克》5册。在这套童话作品中，英娃通过木偶剧院、白雪图书馆、天使号火车等诸多公益化的意象，塑造了很多有爱心、有责任感、具有诚实品质的人物形象，如木偶豆丁、雪孩儿、风王子、山雀、小蓝鲸、海狮、鱼鹰等，以弘扬人性中善良、真诚、友爱等闪光点。英娃将古典童话的优良传统和现代叙述方式结合起来，并充分发挥童话故事的"想象因子",如在童话集《蓝鲸斯巴达克》中的故事与水、空气、土壤等我们赖以生存而又岌岌可危的自然生态环境元素密切相关。故事选用了几种具有代表性的动物,让孩子们明白多样共存、和谐发展的道理。整套童话作品充满故事性、幻想性和艺术性,让孩子们在阅读精彩故事的同时,潜移默化地领悟如何成长、如何真诚守信,怎样做才是有责任和担当,使孩子们更能明白知足和感恩的意义。

三、传统文化的彰显:刘北、少军童话中的传统文化元素

刘北创作的 16 万字童话《魔法泥娃娃镇》,由连环画出版社出版发行。与一般童话作品不同的是,这部童话将丰富的中华传统文化元素融入全书,带给小读者们想象和知识的启迪。《魔法泥娃娃镇》这部童话分为《每个节日都有魔法》《糗事一箩筐》两册,每册 8 万字。全书以中华民间传统节日、时令节气、民间工艺、古镇老街等为主要元素,以男孩虎子、红鼻鼠和 7 个魔法泥娃娃精灵为主人公,以富有魔幻、想象色彩的生动语言,讲述了 36 个具有连续性的小故事。全书讲述的是,中国有个著名的泥娃娃小镇,镇上有 7 个魔法泥娃娃小精灵,他们带着好朋友虎子和红鼻鼠,经历了很多稀奇古怪又有趣的事情。譬如在除夕、破五、清明、中秋等重要日子里,他们打破了老窑匠的传家宝贝,然后又替老窑匠向财神爷求情,却误入罗汉肚里的魔法城堡;他们在桂花园闯下"大祸";他们认识了糖人张、泥人王和皮影李;他们求做面具的老爷爷帮忙解除泥娃娃小镇上的危机……这部童话的另外一个特点是增加了中国传统节日、民间手艺等民

俗文化的知识。书中特别增加了中国传统节日的来历、民间手艺的简介等小知识；书中还有机穿插了有意思的中国童谣、民间谚语。全书将中华传统文化元素融入童话故事里，让小读者们在收获快乐的同时，接受传统文化的浸染。

从某种意义上说，寓言故事是中国传统童话故事的形式之一，在山东青年儿童作家中就有一位以创作寓言故事见长的作家少军（本名杨绍军），他出版的寓言集有《毛驴开荒》《顽皮可爱的聪明狐》《一只戴手套的猫》等。他的作品曾先后荣获第一、三届冰心文学新作奖。少军的寓言故事多是时代的寓言故事，他的作品在寓哲理与讲故事的同时呈现时代特色。少军作品的选材立意多从当下时事出发，《羚羊评先进》《谁更重要》《深井里的青蛙》等寓言都是讲的当下的社会现象。在《少军寓言选》中，水泡、石油、钢琴、路灯、锁、铜、金刚石、人造卫星、火箭，甚至真理和谣言都成了他的题材，而且寓意非常贴切。由于社会生活现象丰富多彩，寓言题材的领域无限宽广，他完全跳出兔子和乌龟、羊和狼的寓言故事固定模式，甚至运用的语言都是时代的写照。在《根雕》中他写道："在农妇手中，我是块烧柴；在艺术家眼里，我便成了一件神奇的艺术品。"在《人参》中他写道："被埋没的往往是最有价值的部分。"在《砖》中他写道："火热的生活造就了我，使我成为大厦合格的一员。"在《蜡烛》中他写道："经验告诉我，大多是点亮我的人又熄灭了我。"在《电波》中他写道："眼不见耳不闻的东西，不一定不存在。"这些是真理的火花，也是时代智慧的结晶。少军的寓言故事在与时俱进的同时，也将传统的文学样式进行着创新变革。

曾致力于诗歌和散文写作的女作家雨兰，近年来创作了大量的儿童文学作品，大都发表在《儿童文学》《少年文艺》《星星》等刊物上。2018年出版的儿童诗集《大地的眼睛》，收录了雨兰精心创作的100余首儿童诗歌，这些儿童诗歌题材广阔、丰富；诗意干净、纯粹；语言优美、醇厚；意境悠远、空灵；诗味浓郁，想象丰美，富有浓郁的童话气息和鲜活的生活气息。雨兰很多儿童诗歌的创作灵感来自她的育儿过程中，来自生活的诗情中。如她创作的具有励志意义的儿童诗《种》，选择了一组大自然中的优美意象入诗，表达了一个经典的主题：播种，耕耘。春天是播种的季节，大自然都会种下点什么，孩子们又会种下点什么呢？她把求知、朗读、理想、远航等主题都放到创作的作品中，显得平易、亲切。

鲁冰近年来一直致力于童话创作，先后出版了多部童话集，深受孩子们的喜爱。鲁冰的多篇童话作品入选中宣部"民族精神史诗出版工程"《诵读中国》等多种选本。2012年出版的《鲁冰花园》系列丛书，收录了他创作的童话集《金色小提琴》《凤凰吟》以及《月亮生病了》《最亮的眼睛》《小鸟快飞》等。著名儿童文学作家金波称赞这本书具有"寻美的慧眼，向善的心灵"。他出版的童话集《小石头》将民间传统文化、节日风俗、诗词歌赋和中国结、木镟玩具、九九消寒图等民间技艺以及元宵挑灯等一系列民族的、原生态的元素融入童话写作中，集中表现了生活美、自然美，并创造了艺术美，将一首首清新、澄澈、纯净的爱的诗歌送进读者心田。

四、结语

儿童文学是积极向上的文学，山东青年儿童作家的队伍在不断成长、成熟着。有的作家在语言技法上逐渐熟练，有的作家在选材立意上更加老练娴熟，有的作家在锐意创新上不断探索，有的已经在一流儿童文学作家战线上初露锋芒，这使我们有理由相信只要他们坚守着儿童文学创作的梦想，保持精神上的富足和开阔的文学视野，在齐鲁文化深厚的历史积淀和日益宽广的文化视野的交会点上形成独特的儿童文学审美境界，将导人向上、引人向善、培养儿童纯美心性的本质，夯实人之为人的人性基础，坚定地呈现在自己的文学旗帜上，全身心地投入创作，给今天和未来的儿童提供更好的精品，那么山东儿童文学创作的道路一定会越来越宽广。

岁月深处的乡村童年

——莫问天心创作论

莫问天心出生于山东一个普通农民家庭，在田野和庄稼的一岁一枯荣中成长，大自然的风物和乡野的趣味浸润了她的童年，形成了她丰沛的情感，给予了她源源不断的创作素材。她的文字充满了对乡村童年时光的描绘和想象，正如莫问天心自己所说的："我身上有土地的性格。我在农村出生、长大，那十几年的时光给我留下了绵长的精神源泉。"在莫问天心的儿童文学世界里，乡村的童年是长满鲜花、充满欢乐和奇趣的童话世界，她以一颗永远对童年充满热爱和赞美的心，用文字继续装饰和渲染童年的理想国度，因此她的诗歌和散文里面所传达的一直是乡土内核的纯净美好，不仅如此，她的作品中还洋溢和充盈着对过往、对生活爱的力量，字里行间充满温暖的阳光气息和真切的人文关怀。在她的儿童文学作品中，最具代表性的是儿童诗，她的儿童诗抒发性灵，用源自内心的爱召唤人们内心深处的温润情感，同时用淳朴的语言和情感勾连儿时的记忆和当下的生活，作为从农村走出来的诗人，她的诗歌具有纯真、质朴、坚韧的乡村生命体验。

一、儿时乡村元素的象征运用

作家的创作往往带有很深的成长烙印，童年的生活环境和经历很自然地成为作家写作的第一手资源，童年的莫问天心在广袤的乡野中尽情地享受着大自然的馈赠，鲁北乡村浸润了中原文化的温润和包容，从历史上的刀耕火种绵延到现在，人们在长久的农耕生活中，形成了与大自然和谐共存的生活态度。乡村生活的宁静安然、朴实舒缓成为莫问天心创作的一个"地埋原乡"。乡村元素作为一种标志性符号融入莫问天心的诗歌与散文作品之中，这些乡村元素包括了乡村生活、农事活动、乡亲乡俗与风土人情。在莫问天心的笔下，农耕的作物、乡村草木、亲人伙伴、童年趣事都自带瑰丽的滤镜，呈现出一种明净灵动的诗意氛围，莫问天心的作品在某种意义上就是她本人心性成长的真实呈现，她也因此成功保持了 20 世纪 80 年代乡村女孩的童心和质朴。

诗集《翅膀》收录了莫问天心的 80 首诗，全书分为三辑，分别是"土地和家""阳光下的故事""天空是个游乐场"，这三个部分组成了莫问天心从乡村到城市的一路风景。"土地和家"这一辑描写的是对乡村土地的深情与眷恋，也是乡村元素运用得最为密集的一部分。她在《乡下的土地》中写道："黄土扑落满头满身/心就伸进了故乡深处/村路上回荡的方言/把黄昏拉得长长的/归乡的心/在飘动的麦穗里涨潮。"黄土、村路、方言、麦穗作为乡村最为普遍的存在，在诗中代表了作者对乡下土地的眷恋，同时以通感的修辞运用，将作者思乡的心融进风吹麦穗的起伏之中，不仅让人身临其境地感受到乡村土地上的安宁与悠闲，同时让乡情有了具象化的表达。她在《挂钟》中写道："它的走动/像一个农人背着手/在秋天的场院里巡视/检阅着岁月的收获。"挂钟应该是老家的一个老物件，作者单独将挂钟作为对象来描写是因为挂钟背后有作者珍贵的回忆，因为挂钟"曾是农家最鲜艳的亮色"，作者通过挂钟来追忆童年，追忆乡村蒸蒸日上的生活。诗中以"农人"作为意象，来指代挂钟指针的行走，挂钟的钟盘就成了农人巡视的"场院"，指针走过的时间最后都成了"岁月的收获"，这里的"农人"形象与作者父亲的形象是重叠的，在挂钟指针的行走中，一个父亲形象的"农人"完成了一场乡村秋收的仪式。而第二辑"阳光下的故事"则大部分是作者对乡村童年过往的回忆，有兄弟姐妹间的相处，有儿时玩伴间的游戏，也有乡村人物、景物的各种变迁，很显然作者的美好回忆也是由各种乡村元素构成的。她在《小河》中写道："作业本在书包里跳跃扑腾/不管它/鱼儿游得痒人的心/蝌蚪会在春天/准时到来/伴着跃动的少年憧憬。"对于乡村的孩子而言，小河和河里的小鱼、蝌蚪是他们的天然玩具，大自然赐予了他们最丰富的游戏资源，于是小河和河里的鱼儿们成了乡村童年生活的一种意象，这里的童年童趣是"痒人心"的，这里的童年是饱含着孩子们对未来的向往和憧憬的。她在《春天的故事》中写道："咬一截春天在嘴里/柳笛第一次启开了春天的音节/把明媚的阳光/大把大把地拥进怀里/小羊在青青的草丛里/娇嫩地咩咩叫/野花散落在田野/装点这个季节最细微的美丽。"在莫问天心的诗歌里，春天永远是清新明丽的乡村式的，选择柳笛、小羊和野花等元素作为春天的主角，整首诗就充满了清新活泼的韵律，春天的气息扑面而来。诗集的第三辑"天空是个游乐场"描写的是童趣，尽管莫问天心已经在城市生活，但在她的精神世界里，童年记忆中的鲁北乡村仍是最美的存在，诗歌中依然大量运用大树、小鸟、蝴蝶这些乡村元素去展现幼时的纯真天然。

二、记忆深处的灵感

莫问天心善于运用乡村元素，但乡村元素不是来自她当下的生活，而是来自她的童年往事，因此可以说她的创作灵感来自她的记忆。莫问天心的作品大多以第一人称视角书写，无论是诗歌还是散文，都是以一种回溯视角进行创作，呈现"记忆叙事"的特点，岁月深处的乡村童年景象在她的笔下是一种诗意的自述性表达。童年的生活给莫问天心留下了抹不去的深刻记忆，每一种植物、每一个物件、每一个场景、每一种思绪都在不断地回顾中涂上了浓重的岁月时代感，她在《老杏树》中描写道："我小时候/它就这么大/大得遮住了院子/我长大了/它还没有老。"对于作者来说，家中的每一处景物都在脑海中深刻，老杏树和作者一起在院子里成长，对于作者来说，老杏树不仅是一处景物，更像是一个朋友或亲人陪伴着作者慢慢从孩童到成年，因此作者在描写老杏树时，用一种俏皮的口吻和老杏树比年纪，带有一种孩童式的撒娇。她在《娘和娘的竹筐》中写道："竹筐是娘劳作时的伴儿/乡间小道弯弯折折/一路拾取晶晶亮亮的露珠和星光/小时候我跟在娘身后跑/儿时的故事是茅草根儿/放在我嘴里甜甜地嚼。"竹筐对于农人来说是再常见不过的工具，乡村农人拿上竹筐，割草或是拾取粮食作物。作者记得母亲拿着竹筐去田地的情景，但在作者的眼中这不是普通的劳作，而是带着梦幻色彩的童话，竹筐里面装的不是粮食而是"露珠和星光"。她在《兄弟姐妹》中写道："打架，兄弟合伙上/一会儿就和好如初/仍旧把陀螺抽成旋转的云彩/把铁环滚成太阳和月亮/跳皮筋，姐妹们一起玩/叽叽喳喳笑笑闹闹/跳跃的小身影/是灵巧的蝴蝶。"20世纪80年代的乡村儿童，男孩打打闹闹，女孩叽叽喳喳，尽管没有城市的游乐场，但是乡村孩子的童年游戏并不贫瘠，打陀螺、滚铁环、跳皮筋依然能够丰满他们的童年世界。作者对这些童年的游戏如数家珍，和伙伴们嬉戏玩耍的画面历历在目，最后在她的诗中都变成了云彩、太阳、月亮和蝴蝶。乡村童年的记忆就像取之不尽的素材宝库，在莫问天心的笔下都变成了充满诗意宁静的童真世界。

和她的儿童诗相比，莫问天心的散文创作风格则更为平实亲切一些，在散文集《滚太阳》中，作者更是以山东乡村童年记忆为蓝本，用细腻平和的笔触记述农村的风俗民情，带有浓郁的自然乡土气息，同时又有着宁静致远的韵味。鲁北黄河地区是我国农耕文化的发源地，也是儒家文化的发祥地，黄河的流淌为鲁北人民沉积了肥沃的土壤，传统文化则塑造了鲁北人民淳朴善良的性格。乡村保存着世世代代留下来的生活习俗，农人的生活中充满了与庄稼、粮食相关的活动。农事以外的生活习俗，也许本身并不有趣，但在莫问天心的眼中，这些乡村日常记忆却有着无可比拟的诗意盎然，她将收麦子、蒸馍馍、赶集、拜年、走亲戚、做针线活儿这些普通的乡村生活赋予了更多的情感温度，让读者能够沉浸其中，体会到乡村日常生活中的朴实与美好，感受到温暖和谐的乡间氛围。人们都说，我们的胃是属于故乡的，儿时家乡的味蕾记忆往往会相伴一生，每当落寞、寂寥或者思念亲人时，一份故乡的吃食则能治愈思乡的情愫。一份现在的孩子们都不知道为何物的咸菜，在莫问天心笔下则成了至香的美味："伏天里吃凉面条更要捞上一个，切成细细的丁，夹起一撮拌在面条里，是不可少的点缀。"在莫问天心的乡村童年记忆中，乡间美食是令人难以忘怀的，煎馍馍、炒燎豆、"中国比萨"这些食物在作者的记述中像有温度、有气味一样随着文字被端到了面前。在《炒燎豆》中作者写道："这种顶好吃的东西，就是燎豆，是我们童年不多的零食之一。"可见作者乡村童年的物质生活并不富裕，但在她的眼中这些童年记忆中的美食都是极美味的。正如作者在《中国比萨》中坚定地认为德州的韭菜合子味道远远超过外国比萨。除了美食记忆，莫问天心还在《放蜡》中无限怀念童年正月十五放蜡的仪式，然而"一年年的，小蜡烛把时光点亮。渐渐地农村普及了电视，之后又大都安装了有线，也没小孩子放蜡了"，包括放蜡、拜年等很多童年热闹的活动都随着社会生活的发展消失了，但莫问天心通过对这些童年记忆的回溯，传递了对乡村生活深深的眷恋与怀念，也用充满诗意的语言描绘了那些充满烟火气息的场景，让读者跟随作者的情感一起感受那种温馨和惬意。

三、源自乡村岁月的质朴童真

童年的乡村生活里有最真实纯净的自然风光，也有最淳朴善良的乡邻伙伴，这些都一直长久地影响着莫问天心看待世界的方式，她一直以孩童般真挚的灵魂去思考，去创作，再把作品献给那些和她同频的纯真孩童。在文学接受中，儿童文学必须具有符合儿童需要的想象、思想、情感和心理，这种需求通常表现为童趣和童真。在莫问天心的作品中，季节、花草、昆虫，甚至是一阵风、一颗露珠都具有灵动可爱的性格，"田野一下子就绿了/倾听春天的笑语/走出故乡的人/漂游在哪里/窗前一粒露珠/晶莹剔透/偷偷走进/季节深处/风趴在窗台/一种思绪从远方/悠悠而来/能不能把童年/握在掌心/让往日的心情/在清晨晾干/把阳光糅杂"，在这首《和春天一起上路》的诗中，春天里的所有景物仿佛都跟随春天一起苏醒，欢欣雀跃地开始动起来，有了仿佛人一般的鲜明灵动，春天在笑，田野在倾听，露珠在行走，风在思考，于是春天在诗中变得生动而有画面感，与此同时，作者还将自己独在异乡思念故乡的情绪铺散开来，这种思念在田野的倾听中、在露珠的晶莹如泪中，也在风吹过的思绪中，作者想把童年"握在掌心"，表达了对故乡和童年最深切的怀念和向往。她在《天空是个游乐场》中写道："小星星/小星星/我们是快乐的小星星/每天晚上做游戏/天空是个很大的游乐场/里面闪动着我们的身影/嘘，仔细听/你能听到我们的笑声/行星太调皮/恒星太懒惰/哎，流星/你输了就耍赖逃跑呀。"作者小时候在农村生活，夜晚会看到很多星星，窥探过星空的神秘瑰丽，这些记忆并没有随着时间流逝，而是带给作者更多关于星空的想象和憧憬，于是在作者的笔下，星星变成了可爱的小孩子，天空成了星星们游戏的场地，并将星星赋予调皮、懒惰和耍赖的形象，仿佛每个星星都是有生命的，嬉戏玩闹跃然纸上。在莫问天心的散文作品中所体现出的童真不再是天马行空的想象，而是对乡村生活习俗充满童心的叙述和解读。单从物质丰富的程度来说，20 世纪 80 年代的农村生活是艰苦和贫乏的，但在莫问天心的眼中，那些需要辛苦完成的工作，都像是童话故事里设置的游戏环节，收麦、蒸馍、拜年、放蜡、打囤等传统农事活动是那么欢乐、那么热闹，大人和小孩一起忙活收秋，一起忙活蒸过年馒头，"而白天疯跑了一天，又帮着忙活过年馒头的我们，早就在不断出锅的馒头的香气中，蜷缩在炕的另一头睡着了"，莫问天心在写下这些句子时，感受到的依然是当年的那个孩子的心情，无比兴奋和满足。

四、乡村的温暖与爱

儿童文学理论家刘绪源提出"儿童文学三大母题"的观点，认为儿童文学题材可以归纳为"爱的母题""顽童的母题"和"自然的母题"，其中"爱的母题"能够通过作品传达爱，培养儿童的爱心，是非常重要的儿童文学题材，莫问天心的很多诗歌和散文都具有"爱的母题"。莫问天心的作品不仅有质朴和童真，而且充满着阳光和积极向上的力量，这些力量来自其作品中蕴含的浓厚的爱和温暖，从她的作品中我们可以感受到，她应该来自一个非常有爱的家庭，其乡村童年生活的物质条件也许不够富足，但是她所得到的爱却是丰盈满溢的。莫问天心有爱她的奶奶和姥姥，在散文集《滚太阳》中，她以《棉花地里的风》和《去姥姥家》两篇散文怀念了那个曾经在棉田里播种、曾给她带来温暖的奶奶和给她石榴果子吃的姥姥，老人已经长眠，但是文章里传达的爱不会消失，依旧存在于作者的内心深处和文章的字里行间。莫问天心有爱她的父母，她从不吝啬表达父母和她之间浓浓的爱与牵挂，在《家》中她写道："家是宫殿/爸爸是国王/妈妈是王后/我是公主。"尽管生活在那个时代相对贫困的农村，她依然在父母那里得到了公主般的待遇，正是因为她童年的心灵一直被充足的爱所包围，正如心理学家阿德勒所说的那样，"幸福的童年给予孩子一生的治愈能力"，所以积极健康的人格和充满爱与力量的精神内核成为莫问天心创作儿童文学的底色。她在《香蕉》中写道："贫瘠的乡村/简朴的农家/一对整天在田里忙碌的父母/满天满地疯跑着成长的我/香蕉，黄黄的/是从素淡的岁月中/飞临的月亮/那抹亮色钻进偷瞄的眼睛/好吃的，父母从不吃/留给奶奶和我/而奶奶，又基本全给了我/一只小小的香蕉/陪奶奶等在我放学的路上/甜了我整个的乡村童年。"对于20世纪80年代的中国北方农村，香蕉是一种并不常见的昂贵水果，在作者的眼中，香蕉像月亮一样让人渴望，馋得一直用眼睛偷瞄，这样一种水果无论是对大人还是小孩都同样具有吸引力，但是大人们都舍弃了香蕉，把它留给了年幼的作者。这首诗写出了一种自然的"隔代亲情",让读者感受到亲人之间纯粹的情感,又因为作者本身具有爱的能量,才能够将爱注入作品之中,传达给读者。因为心中有爱,有爱的人总会有食粮,所以莫问天心对乡村和乡村之外的生活都充满了热爱,她看到蹲在路边吃饭的汉子,就会想到父亲,"脸上的笑是那么欣慰/或许/他是想起了上学的儿女吧/儿女上学很争气",莫问天心将她所拥有的父爱投射到了她所看到的世界中;她从风的吹动中就能感受到父母的思念,"南来北往的风/匆匆起程的时候/都系着我们/切切的托付/我窗前的风铃摇动/那叮叮当当里/能听出/父母温柔的叮咛/家乡的田野泛起绿波/父母能看见我/甜美的笑靥",即便作者长大后在外求学、工作和生活,离开了童年的乡村,亲人间浓浓的亲情也不会被切断。

五、结语

美国教育家杜威认为"儿童的世界是一个具有他们个人兴趣的人的世界"。莫问天心在乡村出生,在乡村成长,乡村的童年生活构筑了她的创作基石,影响着她的创作基调,她的创作充满自然气息。她不断地以乡村生活、童年记忆为素材展开丰富的想象,表达对童年美好的歌颂之情。透过莫问天心的作品,可以看出她对儿童个性与审美的双重观照,具有东方文化精神和人文传统的结合。

荒诞之外的生命意义
——评陈仓中篇小说《地下三尺》

陈仓的中篇小说《地下三尺》用夸张戏谑的笔触写了城市打工者陈元在繁华都市建造寺庙的荒诞故事。

没有学历和金钱资本的陈元，在城市底层先后干过建筑工人、房产中介等职业，这些均无法改变他没有出路的生存状态。万般无奈之际，他竟然绝地逢生似的捡了 20 块钱，然后又用捡来的钱买了彩票，十分幸运地中了几十万的大奖，又遇到了足以改变他命运的达官贵人老吴，意外获得了一块荒地的开发权。陈元用各种各样的经营算计，利用大众对关公的崇拜信仰，将城市规划玩弄于股掌之间，成功地将一块本用来建造"医药垃圾处理站"的空地建成了香火旺盛的寺庙，寺庙旺盛的香火钱当然也帮他实现了翻身发财的梦想。

很显然，这是一部大胆想象的"巧合"之作，讲述的是社会发展过程中存在的一些非正常现象。陈元作为一个既没有一技之长，又没有资本积累的"外省青年"，他在城市里实现了发财梦，靠的是打"擦边球"，外加不期而遇的"狗屎运"，这是他在城市中生活的"生存法则"。在繁华市区凭空建造一座寺庙，看似荒诞不经，实则是因为有广阔的"市场空间"，作家用这种荒诞的外壳一方面写出了主人公对于内心欲望的追求，另一方面也是在引导读者思考处于悬浮人生中的人们应当如何善良地生活。

对在城市打拼的陈元、焦大业们，香火旺盛的寺庙解决的是他们生存温饱的需要；对于祈祷健康、祈求平安的大爷大妈们，这座寺庙就是他们心中的"神灵"；对于祈祷升官发财的官员老吴来说，这座寺庙或许是他的"发财树"。安放道义的庙宇成了人们"各怀鬼胎"的利用工具，看似荒诞的背后隐喻着无尽的讽刺。陈元开私人诊所干的是鉴定胎儿性别、给人打胎等见不得人的勾当，老吴和陈元成为莫逆之交的原因则是陈元给老吴的女人堕胎、帮他解决了缠身的麻烦。这些颇具讽刺性的故事情节，诉说着主人公的生活离道义法则越来越远，取而代之的是不择手段地追名逐利，是物欲横流、唯利是图、巧取豪夺的丛林法则。

小说中的每个人都充满着渴求金钱、物质、利益的欲望，陈元的发财梦、老吴的升官梦、焦大业对金钱的迫切追求、寺庙香客们的许愿等等，都脱不开利益欲望的缠绕。人们为了满足欲望可以不择手段，为了获得财富可以掘地三尺，"地下三尺有神灵"的敬畏之心荡然无存。小说用夸张幽默的笔法写出了这样一种社会生活乱象，让读者在对书中人物小丑般经营算计的伎俩莞尔一笑时，思考着荒诞之外的生命意义。

第三辑

FEIXIANG YU XINGZOU

《闪闪的红星》的创作故事

山东的儿童文学创作是有文学传承的,今天就从我国当代著名军旅作家李心田的红色经典小说《闪闪的红星》的创作历程谈起。

一、创作缘起

李心田,1929 年出生在江苏省睢宁县。1950 年 9 月,李心田参加中国人民解放军,并进入华东军政大学学习,毕业后,在原南京军区举办的解放军第二十八速成中学任教,并开始发表诗歌、小说等。1961 年他创作了反映抗日少年战斗生活的话剧《小鹰》,1962 年出版了儿童小说《两个小八路》。《两个小八路》由中国少年儿童出版社出版发行之后,受到广大读者欢迎,于是中国少年儿童出版社邀请李心田再为少年儿童写一部小说,他用两年多的时间,根据文化速成班孩子们的童年经历,创作了小说《战斗的童年》,也就是后来的《闪闪的红星》。

《闪闪的红星》真正成名是在改编成电影之后,主人公"潘冬子"也成了中国儿童电影中的经典形象。了解小说《闪闪的红星》的创作过程之后就会知道,潘冬子的人物原型不是某一个孩子,这个角色是作者李心田将一群人身上不同的个性特点以及发生的故事进行提炼整合之后塑造的文学形象。小说创作于 20 世纪 60 年代,当时李心田从华东军政大学毕业后,在原南京军区举办的解放军第二十八速成中学任教,他任教的班上的学生大多是老红军的后代,比如原南京军区司令员许世友的儿子许光,政治部主任鲍先志的儿子鲍声苏等,其中因为鲍声苏的年龄比较大,课余时间经常和老师李心田聊天,鲍声苏讲他爸爸离开鄂豫皖苏区之后,妈妈被国民党反动派和还乡团拐卖到外地,他自己则被卖给恶霸地主,在地主家受尽欺凌,所以他一直盼望着爸爸和红军能早一天打回来,接他出去。当时班上还有一个学生,他的父亲在踏上万里长征时,给家中留了一顶写有自己名字的帽子,后来,战争打响,烽火连天,他与妻儿失去了联系,战争胜利后,这个孩子拿着这顶军帽找到了父亲。这些孩子凄惨的童年故事启发李心田创作了这部小说,小说的思路也围绕儿子对爸爸的"想、盼、找"的主线展开。

二、修改打磨

小说《战斗的童年》完成之后,交给了中国少年儿童出版社,出版社责任编辑李小文看到之后,觉得不错,邀请李心田到北京来修改润色这篇小说。当时,李心田刚调到原济南军区政治部前卫话剧团从事编剧工作不久,一时脱不开身,就没有赴京修改。9个月之后,他给中国少年儿童出版社写了两封信,要回了书稿,直到1970年人民文学出版社编辑谢永旺来找李心田约稿,李心田才拿出了《战斗的童年》的书稿,人民文学出版社的编辑们反复商议,提出多次修改意见,先后将书名修改为《闪闪的红五星》和《闪闪的红星》,最终《闪闪的红星》由人民文学出版社于1972年5月出版发行,出版以后很受欢迎,当时的儿童文学作家韩作黎专门撰写发表评论文章,称《闪闪的红星》是"对儿童教育的好教材"。紧接着,中央人民广播电台连续广播了这部小说,这部小说由此迅速传遍全国,广为人知。

三、搬上荧屏

《闪闪的红星》流传开以后,八一电影制片厂决定把它改拍成电影,八一电影制片厂成立了由陆柱国、王愿坚等人组成的剧本创作组,并把李心田也邀请过来参加改编工作,1973年,同名电影剧本改编完并定稿。在影片拍摄的过程中,也经历了挑选演员、拍摄一度中断、"三下鹅湖"等插曲,后经过剧组全体人员历时一年多的共同努力,影片终于完成拍摄。1974年经审查通过后,该电影被确定为向国庆25周年献礼的重点影片。

1974年10月，影片《闪闪的红星》在北京菜市口电影院举行首映。该影片一经公映，全国各地迅速掀起了一股"红星热"，影片后来被中宣部、教育部等联合推选为"百部爱国主义教育影片"。

小说《闪闪的红星》已被国内18家出版社翻印过，累计印刷数达到百万册，并先后被翻译成英、德、日、法等多种语言，在世界范围内广泛传播。小说还被陕西人民出版社、黑龙江人民出版社和天津人民美术出版社等改编为同名连环画，在全国发行。《闪闪的红星》被南京电影制片厂改编拍摄为22集同名电视连续剧，于2008年播出，近些年又被改编成动漫《闪闪的红星之红星小勇士》和《闪闪的红星之夺宝小奇兵》等，成为深受一代代青少年喜爱的红色经典作品。

《铁道游击队》的创作故事

电影《铁道游击队》是根据刘知侠的同名长篇小说《铁道游击队》改编而来，小说一经出版，就成了当时的抢手读物，被搬上了银屏、电视荧屏和舞台，还被翻译成了多国文字，销往世界各地，成了全世界反法西斯战争文学的经典。

有人说，《铁道游击队》是"拼命三郎"刘知侠用命拼出来的。刘知侠从小就对铁路有着特殊的感情，他家住在河南北部道清铁路的铁道边上，一天到晚都能看到火车、听到火车运行的声音。1943年，滨海抗日根据地召开全省战斗英雄模范大会，刘知侠在会议上被战士们的英雄事迹所感动，自此产生了要将战士们在铁路线上打击敌人的英雄事迹写下来的念头。说起来容易,做起来难。刘知侠没有亲身经历过游击战,1944年到1945年间,他为了近距离观察游击战、了解游击队战士们的生活,不顾生命危险,两次穿越日军的封锁线,同游击队战士生活在一起。两年下来,刘知侠亲眼看见了一幕幕战士们是如何豁出性命扒上火车同敌人展开战斗的场面。1946年解放战争爆发,刘知侠忙于工作、无暇创作,但是他从未忘记这件事,1952年,他特意请了一年的长假,潜心创作,终于完成了《铁道游击队》这部作品。

一、英模会激发创作灵感

刘知侠是河南卫辉人,父亲曾是铁路工人,道清铁路就是从他家村边经过,刘知侠曾经这样回忆:"一天到晚都能看到南来北往的火车,火车'咣当咣当'的声音伴随着我的童年。"刘知侠时常跟在铁路道班房里当护路工的父亲身后听父亲和工友们闲聊,听到许多发生在铁路上的传奇故事。他小时候在铁路边捡煤核,也学会了扒火车,对火车行车规章制度和运行规律了如指掌,刘知侠在这个过程中和铁路建立了特殊的感情,为日后创作《铁道游击队》打下了基础。

1938年3月,作为一名喜欢文学的进步爱国青年,刘知侠怀着满腔革命热情奔赴延安,进入中国人民抗日军事政治大学学习。1939年冬天,为响应中共中央提出的"到敌人后方去"的号召,他随学校东迁到山西太行山区。1940年,刘知侠开始在《抗大文艺》上发表作品。1941年冬,抗大文工团随部队进入华东战场。当时,日寇集中5万余人兵力,对沂蒙山抗日根据地进行了空前残酷的"铁壁合围"的大"扫荡",并控制了所有村庄、山头和道路。抗大文工团也被敌人包围在了沂蒙山的中心地带。为了减少伤亡,成功突围,抗大文工团的团员分成两个分队向外突围。刘知侠带领其中一支分队转战了7天,才突围出了敌人的包围圈。1942年,抗大文工团被调整到地方,但是刘知侠一刻也没有放下手中的笔,陆续在《大众日报》上发表了不少作品。

1943年,敌后抗日形势大大好转,为了更好地开展抗日根据地的文化工作,山东抗日根据地成立了山东省文化界救亡协会(简称"山东文协"),刘知侠随文工团一起来到山东文协,负责主编《山东文化》。同年夏天,山东省军区在滨海抗日根据地召开全省战斗英雄模范大会。胶东、渤海、鲁中、滨海和鲁南五个分军区选出的战斗英雄、模范人物参加大会,在这次英模会上,刘知侠认识了铁道游击队的英雄人物——被评为甲级战斗英雄的徐广田,并被铁道游击队战友们的英勇事迹深深吸引。

鲁南军区铁道大队(简称:铁道游击队)是1940年1月25日由八路军一一五师苏鲁支队在枣庄成立的一支抗日武装力量,是一支由中国共产党领导的具有光荣革命历史的抗日队伍,隶属鲁南军区,有队员400余人,他们以微山湖为战略依托,劫列车、打洋行、毁铁路、炸桥梁,在铁道线上与日伪军展开殊死搏斗。

铁道游击队还曾护送刘少奇、陈毅、罗荣桓和千余名将士成功越过津浦线。铁道游击队的队员们经受了最严酷的考验,他们所创造的传奇事迹轰动了整个华东战场,被鲁南军区政治委员肖华誉为"怀中利剑,袖中匕首"，被山东省军区司令员兼政委罗荣桓称为"一把插入敌人心脏的尖刀"。铁道游击队的英勇事迹深深感染了刘知侠，他决心把他们的英雄事迹用笔书写出来。英模会后，刘知侠又对铁道游击队中队长徐广田和政委杜季伟进行过多次专门访问，对铁道游击队的对敌斗争有了整体认识，对他们参与的一些重要战斗也有了一定了解。刘知侠根据采访的材料，创作了章回体小说《铁道队》在《山东文化》杂志上连载。连载两期以后，由于小说故事性强、题材新颖、讲述视角奇特，被战士们争相传阅。之后，刘知侠接到铁道游击队领导的来信，信中说像徐广田这样的英雄人物，铁道游击队还有一些，因为对敌斗争任务比较艰巨，他们只能派徐广田一个人去参加英模会，并向刘知侠发出邀请，"如果你能够到我们这里来，和我们一道生活一段时间，对我们的战斗生活做多方面的了解，一定会比现在写得更好"。

刘知侠看过来信之后，感觉自己在小说创作上有一些草率，仅仅根据徐广田、杜季伟两人提供的材料，不到实际战斗生活中做进一步的深入了解，未免太不慎重。刘知侠后来回忆："这封信实际上是对我写的那一部分有意见，只是他们不好意思批评就是了，所以他们婉转地邀请我到铁道游击队去，想到这些，我心里感到很惭愧。"于是他把《铁道队》的写作暂时搁置，已经写出的那一部分稿子也停止了连载，决心到铁道游击队去，亲身体验他们火热的战斗生活，以便能够反映出铁道游击队队员们的真实风貌。

二、和铁道游击队的英雄们生活在一起

1944年，刘知侠第一次前往铁道游击队，当时枣庄、临城还有敌人的封锁，刘知侠绕道南边，过津浦铁路，到达微山湖，如愿和铁道游击队的英雄们在一起战斗生活，战士们热情豪爽、机智勇敢的精神强烈地感染着他。刘知侠采访了多年来在铁道线上英勇歼敌的战士们，走遍了微山湖畔和铁路两侧铁道游击队曾经战斗过的地方，寻访帮助过游击队的铁路工人、渔民、农民和潜伏在敌人内部做情报工作的同志。在采访的过程中，刘知侠和小说中大队长"刘洪"的人物原型——时任铁道游击队大队长的刘金山，政委"李正"的人物原型——王志胜等成了知心朋友。刘知侠还和队员们建立了深厚的友谊，成为铁道游击队的"荣誉队员"。大队长刘金山还把一支从日寇手里缴获的驳壳枪作为礼物送给了刘知侠。刘金山和洪振海都曾担任过鲁南军区铁道大队的队长，刘知侠将他们两个人的名字结合在一起，塑造了小说中飞车夺枪的刘洪形象。通过这次采访，刘知侠对铁道游击队的战斗、工作和生活有了全面深入的了解和更加深刻的感受，积累了丰富的创作素材。

1946年，刘知侠第二次奔赴铁道游击队所在地——枣庄，补充了大量新的创作材料。他把创作小说《铁道游击队》当作义不容辞的责任和义务，其实源于一件难忘的事情。小说《铁道游击队》的后记中这样写道："日寇投降后，他们第一次的新年会餐，在庆祝胜利的丰饶的酒席上，正像我小说里第二十四章所写的那样，他们以古老的形式，来悼念自己牺牲的战友，他们把一桌最丰满的酒菜，摆在牺牲了的战友的牌位前边。他们

平时喝酒喜欢猜拳行令，可是在这一次新年会餐席上，他们却都沉默着喝闷酒。他们隔着酒桌，望着牺牲了的战友的牌位，眼里就注满了泪水。哪怕在最欢乐的时候，一提到已牺牲的同志和战友，他们就会痛哭流涕。当时的情景，深深地感动了我。"就是在这次会餐的筵席上，为了悼念死者，他们有了两个提议：一个是将来革命胜利后，建议在微山湖立个纪念碑；再一个就是希望刘知侠把他们的战斗事迹写成一本书。第二次采访结束以后，刘知侠更深切地感受到小说《铁道游击队》的创作不仅仅是他个人的愿望，更是他义不容辞的责任。

当时在抗日根据地盛行写先进人物的真人真事，刘知侠开始写的也是真人真事，如铁道游击队在草创时期开炭厂、两次打洋行、在临枣支线上劫机枪、打票车，之后发展到在津浦干线上打岗村等。每写一章，他都先听取游击队员的意见。队员们经常说："老刘，你写这些战斗时，不要忘了把我写上去啊！"刘知侠在创作中慢慢发现，描写人物原型必须要浓缩、提炼和概括，要使人物形象典型化。他根据4个担任过铁道游击队政委的干部的个性和特点，以杜季伟为主要人物原型塑造了"李正"形象。"芳林嫂"的人物原型也有3个，她们分别是时大嫂、尹大嫂和刘桂清，刘知侠融合她们的个性特点和斗争事迹，塑造了"芳林嫂"这一位朴实的革命妇女形象。其中，读者非常喜欢的"芳林嫂"扔手榴弹砸向日寇特务的故事就来自于刘桂清的真实事迹。

小说中铁道游击队队长刘洪击毙日寇队长高岗的故事则是来自于队长刘金山的真实战斗经历。驻临城的日寇为了对付铁道游击队，专程从济南搬来高岗当救兵，他是个中国通，不但能说一口流利的中国话，而且对中国的风土人情了如指掌。他通过"拜把兄弟""同盟结义"等手段，将临城附近的几十个伪乡保长笼络在一起，使铁道游击队的活动陷入前所未有的困境之中。刘金山经过一番缜密策划，先后两次派人潜入敌区侦察，摸清了站内警卫配置及高岗的活动规律。随后，刘金山把队伍分成四个战斗小组，趁夜晚兵分四路潜入车站，一举端掉了日寇两个外围警哨。紧接着，队员们乘胜追击，直扑高岗办公室，整个战斗持续了不到10分钟。铁道游击队除击毙高岗外，还缴获步枪30余支、机枪2挺、手枪3支、子弹数千发，且无一人伤亡，大获全胜。随后，刘金山带领游击队员们开展了数次灵活多样的破袭战，并截获大量日寇军火和被服，支援了在山区作战的八路军主力部队。

《铁道游击队》虽然是一部小说，但是其中的故事、任务不是编造杜撰出来的，都是在战斗中真实发生过的。1948年，就在刘知侠已经完成提纲准备动笔写作的时候，国民党军队开始对山东解放区实施"重点进攻"。在战火燃烧的危难时刻，刘知侠不得不暂停了《铁道游击队》的创作计划。他作为华东野战军山东兵团《前线报》特派记者随军参加了淮海战役，并创作了大量反映淮海战役的小说和纪实文学作品。

三、故地重游微山湖，精心打磨终成书

1952年，刘知侠专门请了一年长假，将未完成的《铁道游击队》的写作计划提上了日程，当时他担任济南市文联主任、山东省文联秘书长等职

务，工作非常繁忙。为了重温当年铁道游击队及整个抗日战争时期的斗争情形，唤醒当年与铁道游击队共同生活、参加战斗的激情，他再一次来到枣庄，寻访铁道游击队曾经的战场，已经坍塌的炭厂、洋行和打票车的三孔桥等地方，并与英雄人物原型杜季伟、王志胜等故地重游。这一次从鲁南回来后，刘知侠开始在济南大明湖畔创作小说，据夫人刘真骅回忆，"现在《铁道游击队》已经得到读者的认可，但知侠写成这本书颇费周折"。为了更加立体、生动地塑造英雄形象，刘知侠觉得铁道游击队的英雄人物大都热情豪爽、行侠仗义，有一些江湖好汉的风格，他们的战斗如"血染洋行""飞车搞机枪""票车上的战斗""搞布车""打岗村"以及"微山湖化装突围"等有极强的故事性，他专门分析了《水浒传》的写作技巧，用传统文学的笔法来刻画人物，并让每个章节都有看点、有高潮，也就是在这一年，小说名由《铁道队》正式改为了《铁道游击队》。

从1943年的英模会与铁道游击队的队员邂逅，到三次实地深入采访，再到创作成书，刘知侠用了整整10年时间。40多万字的长篇小说《铁道游击队》于1954年1月由上海文艺出版社出版后，受到社会各界读者的欢迎，迅速形成了一股席卷全国的读铁道、忆抗战的旋风。青年、学生们举办读书会、朗诵会，重温战争年代的艰苦岁月和千里铁道线上那来无影去无踪的飞车英雄事迹。小说相继被翻译成英、俄、朝、日等多种语言，1956年和1985年，先后被上海电影制片厂拍成同名电影、电视剧。2005年《铁道游击队》小说又被两度改编摄制成14集和35集的电视连续剧，直到今天仍然受到观众和读者的推崇和喜爱。

《三进山城》的创作故事

1965年,长春电影制片厂拍摄了电影《三进山城》,它讲述了抗日战争时期八路军插入敌人心脏,打击日本侵略者的故事。让无数观众印象深刻的是八路军连长把手榴弹绑在汉奸的腰间,而把拉环握在自己手中的情节,这种富有传奇色彩的故事,表现了八路军机智多变的战斗风格。

故事发生在1943年秋,当时日本帝国主义在胶东地区,纠集了五六千名日伪军向我牙山抗日根据地展开了疯狂地"扫荡"。八路军某部刘连长和项指导员率队插入敌后齐阳县,奉命消灭县城内的敌人,搞垮敌人的军火供应,牵制"扫荡"抗日革命根据地的日寇。他们来到齐阳县城外的七里营村，为了摸清县城内的情况，刘连长、张排长化装后进了城，在城里地下党员的帮助下，他们摸清了敌人的军火储存和运输情况。然后他们利用汉奸侦缉队长刁德胜、警备队黄队长和王翻译之间的矛盾，巧妙地摸清了县城内的情况。齐阳守备队长小野，得知八路军要进城，认为这一定与军火库有关，便命令黄队长和刁德胜加强警戒，并临时改变了军火运输计划，导致刘连长的伏击计划落了空，于是刘连长在第二次进城时，来到王翻译家，逼他提供了小野的行动计划，等刁德胜赶到时，刘连长早已离去。张排长巧妙地炸毁了军火库，经过八路军的几次打击，小野再也坐不住了，他准备打着过中秋节送慰劳品的名义山城偷袭八路军。刘连长最后一次率队进城，抓住了侦缉队长刁德胜。电影中刘连长把手榴弹绑在刁德胜腰间，把导火索穿过他的衣袖，而把拉环握在自己手中的情节就是电影文学剧本原作者赛时礼在战斗中使用过的办法。在城里刘连长他们把鬼子搞得晕头转向，而城外的八路军主力部队也冲进城内。最后日寇被八路军消灭，人民群众欢呼着胜利。

《三进山城》是一部经典的抗日题材影片，影片矛盾集中、节奏紧凑、一波三折，受到了广大观众的喜爱。电影中刘宏志刘连长的真实人物原型就是《三进山城》的文学剧本原作者赛时礼，电影中的很多作战情节，都来自他亲身的作战经历，他是一位九死一生、战功赫赫的英雄，那这位战斗英雄是怎样走上文学创作道路的呢？

赛时礼出生在山东的一个普通农民家庭，因为家境贫寒，只读过四年书。他 1938 年参加革命，1942 年在攻打一个日军碉堡时，被机枪子弹打断了左腿。后来革命主力部队转向了地方，他带领县大队打伏击、截汽车、拔据点、闯县城，与敌人斗智斗勇，腿残行动不便，他就骑在毛驴上指挥战斗，当时，在胶东一带，"赛瘸子""毛驴连长"是妇孺皆知的传奇人物，令敌人闻风丧胆。

战争年代赛时礼用枪争取和平，和平年代他用笔描绘战争。战争年代，他冲锋陷阵，英勇拼杀，参加过200多场战斗，全身伤痕累累。战争把赛时礼变成了这样的形象：左眼视力0.2，右眼失明；舌头被打断，说话不清；左臂无法抬起，右手残废；左腿短2寸，右腿僵直；腰椎移位，多处神经受伤，右侧身体半身不遂。由于严重伤残，刚跨过不惑之年的赛时礼便从岗位上退了下来，但他享不了退休后的"清福"，战争年代的历历往事，时常涌上心头。作为战争的亲历者，他产生了要把战争年代所经历的一切记录下来的想法，他想把战争中的英雄事迹告诉世人，告慰先烈，他想用文字歌颂党、歌颂不怕流血牺牲的英雄。但是在这样的身体条件下，文学创作对于赛时礼来说绝不亚于在战场上拼杀。他要开始写作，必须先有人把他扶起来，活动一阵子手脚。因为右臂不能与左臂配合，与其说是写字，实际上是用左臂一个字一个字地捅，往往写作不到一个小时，他的手、脚就麻木肿胀，眼睛也看不清了，腰部更是疼痛难忍。但就是这样，他也克服了种种困难，经过快两年的艰苦努力，完成了二三十万字的初稿创作，又经过30多次修改，才有了我们现在看到的小说《三进山城》。

1965年，赛时礼把小说《三进山城》改编为文学剧本，1966年，电影

《三进山城》在全国上映，受到广大观众的热烈欢迎和社会各界的广泛赞誉。赛时礼成功地走上了文学创作之路，他的生命在写作中复活了，就像回到了惊心动魄的战斗岁月。后来，他又创作出《陆军海战队》《智创威海卫》《敌腹掏心》等作品，被誉为"中国的保尔"。

赛老的一生，站着冲锋，坐着战斗，永不停息，将生命的坚韧发扬到极致，他是文学创作上的勇士，生活中的强者。虽然这位冲锋向前的英雄、这位坚忍不拔的勇士、这位积极向上的作家已经离我们远去，但是他的作品已成为家喻户晓的经典，他的精神永垂不朽，激励着我们永远向前。